열쇠

鍵

다니자키 준이치로
김효순 옮김

열쇠

鍵

65세 무렵의 다니자키 준이치로(1951)

차례

일러두기

1 이 책은 『日本文學館 18 谷崎潤一郎 3』(文芸春秋, 1968)을 저본으로 삼았다.

2 인명과 지명에 한해서 처음 언급 시 괄호 안에 원문을 표기하였다.

3 고유 명사의 우리말 발음은 「일본어 외래어 표기법」을 따랐으나 일부 예외를 두었다.

4 각주는 기본적으로 옮긴이 주이며, 짧은 경우에는 본문에 표시하였다.

1월 1일

…… 나는 올해부터 그동안 주저하며 쓰지 못했던 내용까지 일기에 적어 두기로 했다. 지금까지는 성생활이나 아내와의 관계에 대해서는 너무 자세히 쓰지 않으려고 했다. 아내가 이 일기장을 몰래 읽고 화를 내지는 않을까 걱정했기 때문이었는데, 올해부터는 그런 걱정을 하지 않기로 했다. 아내는 분명히 이 일기장이 서재의 어느 서랍에 들어 있는지 알고 있을 터다. 고풍스러운 교토의 유서 깊은 집안에서 태어나 봉건적인 분위기에서 자란 그녀는 여전히 구폐(舊弊) 같은 도덕을 중시하는 면이 있고 그것을 자랑스러워하는 경향마저 있다. 그런 아내가 설마 남편의 일기장을 훔쳐볼 리 없겠지만, 꼭 그렇지만은 않다고 할 수 있는 이유도 있다. 앞으로 상례를 깨고 부부 생활에 관한 이야기를 빈번히 드러낸다면, 그녀가 과연 남편의 비밀을 캐내고 싶은 유

혹을 견뎌 낼 수 있을까?

아내는 천성적으로 음험해서 비밀을 좋아하는 버릇이 있다. 그녀는 알면서도 모르는 척하는 성격으로, 보통은 마음속에 있는 것을 쉽게 입 밖에 내지 않는다. 그런데 참을 수 없는 것은 그걸 여자의 몸가짐이라고 생각한다는 점이다. 나는 일기장을 넣어 둔 서랍의 열쇠를 모처에 숨겨 두었다. 그리고 가끔씩 숨겨 둔 장소를 바꾸는데, 파고들기 좋아하는 그녀는 어쩌면 내가 과거에 숨겨 두었던 장소를 모두 알아냈을지도 모른다. 물론 그런 번거로운 짓을 하지 않더라도 그런 열쇠는 얼마든지 복사를 할 수 있을 것이다. …… 나는 지금 '올해부터는 그녀가 이 일기를 읽는 것을 두려워하지 않기로 했다.'라고 했는데, 생각해 보니 실은 전부터 그다지 두려워하지는 않았던 것 같다. 오히려 은근히 그녀가 읽을 것을 각오하고 기대하였는지도 모른다. 그렇다면 왜 서랍을 잠그고 이리저리 장소를 바꾸어 가며 열쇠를 숨겨 둔 것일까? 그것은 어쩌면 그녀의 수색벽을 만족시켜 주기 위해서였던 것 같다. 게다가 그녀는 만약 내가 일기장을 고의로 그녀 눈에 띄기 쉬운 곳에 두면 '이것은 내가 읽었으면 하고 쓴 일기다.'라고 생각하고 그 내용을 신용하지 않을지도 모른다. 그뿐만 아니라 '진짜 일기를 어딘가에 숨겨 두었을 거야.'라고 생각할지도 모른다. …… 이쿠코(郁子)여, 나의 사랑스럽고 귀여운 아내여, 나는 당신이 이 일기를 몰래 읽고 있는지 어떤지 모른다. 내가 당신에게 묻는다 해도 "남이 쓴 일기를 몰래 읽다니 그런 짓은 하지 않아요."라고 대답할 것이 틀림없으므로, 물어봐 봤자 소용없을 것이다.

하지만 만약 읽고 있다면 결코 이것은 거짓 일기가 아님을, 여기에 기재된 것은 모두 진실임을 믿어 주길 바란다. 아니, 의심 많은 사람에게 이런 말을 하면 오히려 더 의심을 키우는 결과가 될 테니 더 이상 말하지 않겠다. 이 일기를 읽는 것만으로도 내용에 허위가 있는지 없는지 자연히 알게 될 것이다.

물론 나는 아내가 보기에 유쾌한 이야기만 쓰지는 않을 것이다. 그녀가 불쾌감을 느낄, 듣기 싫어할 이야기도 주저 없이 써야만 한다. 애초에 이런 일기를 쓸 생각을 한 것은 아내의 너무 지나친 비밀주의 — 부부끼리 잠자리에 대해 이야기하는 것조차 수치스럽게 여기고 어쩌다 내가 외설스러운 이야기를 하면 금세 귀를 막아 버리는 그녀의 소위 '단정한 몸가짐'이나 위선적인 '여자다움' 같은, 그 부자연스럽고 고상한 취미가 원인이다. 부부가 된 지 이십여 년이나 되고 혼기가 찬 딸까지 있으면서 잠자리에 들어도 그저 묵묵히 일을 치를 뿐 다정하게 정담을 나누려 하지 않는다면, 그것을 부부라고 할 수 있을까? 나는 아내와 잠자리에 관한 이야기를 직접 나눌 기회를 갖지 못한 데 대한 불만을 견디다 못해 일기를 쓰기로 마음먹은 것이다. 앞으로 나는 아내가 이것을 몰래 읽든 말든 상관없이 읽고 있다고 생각하고 그녀에게 이야기하는 기분으로 일기를 쓸 것이다.

무엇보다도 내가 아내를 진심으로 사랑하고 있다는 사실 — 전에도 몇 번 쓴 적이 있지만, 그것은 진심이며 아내도 잘 알고 있으리라 생각한다. 다만 나는 생리적으로 아내처럼 그 방면의 욕망이 왕성하지 않아, 그 점에서는 그녀를 당할 수가 없다. 나는 올해 쉰여섯이므로(그녀는 마흔다섯이 되었을 것이다.) 그렇게까지 기력이 없을 나이는 아니지만, 어째서인지 그 일에는 쉬 지치고 만다. 솔직히 말해서 현재의 내게는 일주일에 한 번 정도 — 아니 열흘에 한 번 정도가 적당하다. 그런데 아내는 (이런 이야기를 노골적으로 쓰거나 이야기하는 것을 그녀는 가장 싫어한다.) 허약한 체질인 데다 심장이 약한데도 불구하고 그 방면으로는 병적으로 강하다. 지금 내가 몹시 당혹스럽고 난처한 것은 그 한 가지다. 남편으로서 아내에게 의무를 다하지 못하는 것이 면목 없기는 하지만, 그렇다고 해서 그녀가 그 부족함을 메우기 위해 만약에 — 이런 말을 하면, 나를 그런 음란한 여자라고 생각하느냐고 화를 내지만, 이것은 '만약에'다. — 다른 남자를 만든다면, 나는 그 일을 견디지 못할 것이다. 상상만으로도 질투를 느낀다. 그리고 그녀 자신의 건강을 위해서라도 그 병적인 욕구에 어느 정도 제어를 가하는 것이 좋지 않을까? …… 난처한 것은 나의 기력이 해마다 점점 더 떨어진다는 점이다. 요즘은 성교 후에 정말로 엄청난 피로를 느낀다. 그날 하루 완전히 녹초가 되어 아무 생각도 할 수 없을 만큼 말이다. …… 그렇다고 내가 아내와의 성교를 싫어하는가 하면 사실은 그 반대다. 나는 절대로 의무적으로 정욕을 불러일으켜 마지못해 아내의 요구에 응하지는 않는다. 다행인지 불행인지 나는 그녀를 열렬히 사랑한다. 이 대목에서 그녀가 싫어할 사실 한 가지를 폭로해야 하는데, 아내에게는 자신은 전혀 알지 못하는 어떤 독특한 장점이 하나 있다. 내가 만약 과거에 여러 여자와 교접을 한 경험이 없었더라면 그녀의 그것이 장점인 줄 몰랐겠지만, 젊었을 때 좀 놀아 본 경험이 있는 나는 아내가 많은 여자들 중에서도 지극히 드문 기구의 소유자임을 알고 있다. 그녀가 만약 옛 시마바라(島原)[1] 같은 기루에 팔려 갔다면, 틀림없이 세상을 떠들썩하게 했을 것이다. 무수한 오입쟁이들이 앞다투어 그녀 주위에 모여들고 천하의 남자는 모두 그녀에게 뇌쇄(惱殺) 당하였을지도 모른다. (이 사실은 그녀에게 알리지 않는 편이 좋을 것 같다. 그녀가 이를 자각하는 것은 적어도 나에게는 불리할지 모른다. 이 이야기를 듣고 과연 그녀는 기뻐할까, 부끄러워할까, 아니면 모욕감을 느낄까? 아마 표면적으로는 화를 내겠지만 내심 득의만만해지는 것은 어찌할 수 없지 않을까.) 나는 아내의 그런 장점을 생각하는 것만으로도 질투를 느낀다. 만약 나 이외의 남자가 그녀의 그 장점을 알고 있다면, 그리고 내가 그 천혜의 행운에 충분히 보답하지 못한다는 사실을 안다면 어떤 일이 일어날까? 나는 그런 생각을 하면 불안하기도 하고 아내에게 큰 죄를 짓는 것 같기도 해서 자책감을 견딜 수 없다. 그래서 나는 여러 가지 방법으로 자신을 자극하려고 한다. 예를 들면 나의 성감대 — 나는 감은 눈꺼풀 위에 키스해 줄 때 쾌감을 느낀다. — 를 그녀에게 자극해 달라고 한다. 또 반대로 내가 그녀의 성감대 — 그녀는 겨드랑이 아래에 키스해 주는 것을 좋아한다. — 를 자극하여 그것으로 자신을 자극하려 한다. 그러나 아내는 그 요구에 응하는 것조차

1 교토 시 스자쿠노(朱雀野)에 있던 유곽. 겐로쿠 시대(元祿時代)에 가장 번성하였고 메이지 유신 후에도 계속 성업했지만 이제는 유곽터만 남아 관광지가 되었다.

별로 달가워하지 않는다. 그녀는 그런 '부자연스러운 유희'에 빠지는 것을 원하지 않고 어디까지나 오서독스한 정공법을 요구한다. 정공법에 도달하는 수단으로서의 유희임을 설명해도 아내는 '여자다운 단정한 몸가짐'을 고수하며 그에 반하는 행위를 싫어한다. 그녀는 또한 내가 발 페티시스트(fetishist)[2]임을 알면서도, 또 자신이 이상할 정도로 아름다운 모양의 발(그것은 45세 여자의 발로는 보이지 않는다.)을 가졌음을 알고 있으면서도, 아니 오히려 알고 있기 때문에 여간해서는 발을 보여 주려 하지 않는다. 하다못해 발등에 키스를 하게 해 달라고 해도 "아이, 더러워요."라든가 "그런 곳은 만지면 안 돼요."라고 하며 좀처럼 부탁을 들어주지 않는다. 이래저래 나는 한층 더 손쓸 방법이 없게 된다. …… 새해 벽두부터 불평을 늘어놓는 꼴이 되어 좀 창피하기는 하지만 이런 이야기는 기록을 해 두는 편이 좋다고 생각한다. 내일 밤은 '새해 첫 합방'이다. 오서독스를 좋아하는 그녀는 매년 길일에 맞추어 그 행사를 엄숙하게 치르는데, 그러지 않으면 용납하지 않을 것이다. ……

1월 4일

…… 오늘 나는 신기한 일을 겪었다. 정초 사흘 동안 서재 청소를 하지 않았기 때문에 오늘 오후 남편이 산책하러 간 사이 서재를

2 몸 일부, 혹은 물건에 성적 욕망을 느끼는 사람. 이는 다니자키 문학의 일관된 주제다.

청소하러 들어갔는데, 수선화를 꽂아 둔 꽃병 앞에 열쇠가 떨어져 있었다. 그것은 별일 아닐지도 모른다. 하지만 남편이 아무 이유 없이 단순한 부주의로 열쇠를 떨어뜨렸다는 생각은 들지 않는다. 남편은 정말로 조심스러운 사람이고 오랫동안 매일 일기를 썼지만 지금까지 한 번도 그 열쇠를 떨어뜨린 적이 없었으니까 말이다. …… 물론 나는 남편이 일기를 쓰고 있다는 사실도, 그리고 그 일기장을 책상 서랍에 넣고 열쇠로 잠근다는 사실도, 또 그 열쇠를 어떨 때는 책장의 여러 책들 사이에, 어떨 때는 카펫 밑에 숨긴다는 사실도 진작부터 알고 있었다. 그러나 나는 알아도 되는 일과 알아서는 안 되는 일을 구별할 줄 안다. 내가 아는 것은 그 일기장의 소재와 열쇠를 숨겨 둔 장소뿐이다. 나는 절대로 일기장을 펴 보지 않는다. 그럼에도 불구하고 원래 의심이 많은 남편은 유감스럽게도 굳이 그것을 잠그고 열쇠를 숨겨 두지 않으면 안심할 수 없는 모양이다. …… 그런 남편이 오늘 그 열쇠를 떨어뜨려 놓고 간 것은 웬일일까? 심경에 뭔가 변화가 일어나서 내게 일기를 읽힐 필요가 생긴 것일까? 터놓고 내게 읽으라고 해도 읽지 않을 것을 알고서는 '읽으려면 몰래 읽어라. 여기에 열쇠가 있다.'라고 하는 것일까? 그렇다면 남편은 내가 훨씬 예전부터 열쇠가 있는 곳을 알고 있다는 사실을 몰랐다는 말인가? 아니, 그렇지 않아도 '당신이 몰래 읽고 있다는 사실을 나도 오늘부터는 몰래 인정한다. 인정하지만 인정하지 않는 척해 주겠다.'라는 것일까? ……

뭐, 그런 것은 아무래도 좋다. 만약 그렇다고 하더라도 나는 절대로 읽지 않을 것이다. 나는 스스로 정한 한계를 넘어서 남편의 심리 속에까지 들어가고 싶지 않다. 내 마음속을 사람들에게 보여 주고 싶지 않은 것처럼, 다른 사람의 마음속 깊은 곳을 꼬치꼬치 파고드는 것도 좋아하지 않는다. 하물며 일기를 내게 읽히고 싶어 한다면 그 내용에는 허위가 있을지도 모르고, 어차피 내게 유쾌한 이야기만 적혀 있을 리 없을 테니까 말이다. 남편은 무슨 말이든 좋을 대로 써도 된다고 생각하며, 나는 나대로 그렇게 할 것이다. 실은 나도 올해부터 일기를 쓰기 시작했다. 나처럼 다른 사람에게 속마음을 이야기하지 않는 사람은, 하다못해 자신에게라도 그것을 들려줄 필요가 있다. 다만 나는 일기를 쓰고 있다는 사실을 남편이 눈치채게 하는 실수는 저지르지 않을 것이다. 나는 남편이 집에 없는 틈을 타서 일기를 쓰고 남편이 절대로 알아차리지 못할 장소에 숨겨 둘 것이다. 일기를 쓸 생각을 한 첫 번째 이유는, 나는 남편 일기장의 소재를 알고 있는데 남편은 내가 일기를 쓴다는 사실조차 모른다는 우월감이 더없이 즐겁기 때문이다.

그저께 밤에 나는 새해 첫 행사를 치렀다. …… 아아, 이런 이야기를 쓰다니 얼마나 부끄러운 일인가? 돌아가신 아버지께서는 예전에 자주 '신독(愼獨)'을 가르치셨다. 이런 이야기를 쓴다는 것을 아시면 나의 타락에 대해 얼마나 한탄하실까? …… 남편은 늘 그렇듯이 환희의 절정에 달한 것 같지만 나는 늘 그렇듯이 아쉬웠다. 그리고 그 뒤에 오는 느낌이 견딜 수 없을 만큼 불쾌했다. 남편은 체력이 지속되지 않는 것을 수치스러워하며 번번이 나에게 미안하다고 하면서도 내가 자기에게 너무 냉정하다고 공격한다. 그이 말에 따르면 냉정하다는 말의 의미는, 자신은 '정력절륜(精力絶倫)'으로 그 방면으로는 병적으로 강하지만 내 방법이 너무나도 '사무적'이고 '흔해 빠져'서 '단 한 가지 공식'뿐이라 변화가 없다는 것이다. 평소 무슨 일이든지 소극적이고 조심스러운 내가 그 일에 있어서만큼은 적극적인데도 이십 년 동안 늘 같은 방법, 같은 자세로밖에 응해 주지 않는다는 것이다. — 그러면서도 남편은 늘 내가 보내는 무언의 신호를 놓치지 않고 나의 지극히 작은 의사 표시도 민감하게 즉각 알아차린다. 그것은 어쩌면 너무 빈번한 나의 요구에 끊임없이 전전긍긍한 결과인지도 모른다. — 남편은 내가 오로지 실리 한 가지만을 추구하며 정취라고는 없다고 한다. 자기가 나를 사랑하는 정도의 절반만큼도 자기를 사랑하지 않는다고 남편은 말한다. 당신은 나를 단순한 필요품으로밖에 — 그것도 지극히 불완전한 필요품으로밖에 생각하지 않는다, 당신이 나를 진심으로 사랑한다면 더 열정적일 것이다, 어떤 요구에도 응해 줄 것이다, 라고 한다. 내가 충분히 당신을 만족시킬 수 없는 데 대한 절반의 책임은 당신에게 있다, 당신이 나의 열정을 조금 더 북돋아 준다면 이렇게 무력하지는 않을 것이다, 당신은 그런 노력을 조금도 하지 않고, 스스로 나서서 협력해 주지도 않는다, 걸신들린 듯 식탐이 많으면서도 팔짱을 끼고 앉아서 반찬을 집어먹을 생각만 하는 셈이다, 나에게 심술궂은 여자, 냉혈 동물이다, 라고 한다.

남편이 나를 그런 눈으로 보는 것도 한편으로 생각하면 무리는 아니다. 하지만 나는 고지식한 부모님들께 여자란 어떠한 경우라도 수동적이어야 한다, 자신이 먼저 남자에게 능동적으로 다가가서는 안 된다는 식의 가르침을 받아 왔다. 결코 열정이 없는 것은 아니지만, 내 열정은 내부로 깊이 침잠하는 성질의 것이기 때문에 밖으로 발산하지 않을 뿐이다. 억지로 발산하려고 하면 그 순간에 사라져 버리고 만다. 나의 열정은 창백하므로, 타오르는 열정이 아니라는 것을 남편은 이해해 주지 않는다. …… 요즘 들어 절실히 느끼는 것은 나와 그이는 부부가 된 것 자체가 잘못된 듯싶다는 사실이다. 내게는 더 잘 어울리는 상대가 있었을 것이고 그이에게도 그랬으리라 생각한다. 나와 그이는 성적 기호에 있어서 서로 부딪히는 면이 너무나도 많다. 나는 부모님이 명령하는 대로 아무 생각 없이 이 집에 시집와서 부부란 원래 이런 것이구나, 하고 생각하며 살아왔지만, 지금에 와서 생각해 보니 나하고 궁합이 제일 안 맞는 사람을 선택한 것 같다. 정해진 남편이라고 생각하니까 별수 없이 참고 있기는 하지만, 가끔씩 그와 대면하고 있으면 특별한 이유도 없이 가슴이 답답해 터질 것 같은 경우가 있다. 맞다, 그 답답한 심정은 어제오늘 일이 아니라 그와 한 이부자리에 든 결혼 첫날밤부터 시작된 것이다. 아득한 옛날 신혼여행을 갔던 날, 잠자리에 들어가 안경을 벗은 그의 얼굴을 본 순간 소름이 쫙 끼쳤던 일을 나는 지금도 또렷이 기억한다. 늘 안경을 끼던 사람이 안경을 벗으면 누구라도 조금은 이상한 얼굴이 되겠지만, 남편은 갑자기 창백해져서 죽은 사람처럼 보였다. 남편은 얼굴을 바싹 들이밀고는 내 얼굴을 뚫어져라 들여다보았다. 나도 자연히 그이의 얼굴을 구석구석 들여다보게 되었는데, 그 알루미늄처럼 곱고 반질반질한 피부를 보자 다시 한 번 소름이 끼쳤다. 낮 동안에는 몰랐지만 코 아래와 입술 언저리에 난 옅은 수염(그이는 털이 많은 편이다.)이 보여서, 그것이 또 불쾌하게 느껴졌다. 그렇게 가까운 곳에서 남자의 얼굴을 보는 것이 처음이라서 그런 탓인지도 모르겠지만, 오늘날까지도 밝은 곳에서 남편의 얼굴을 오랫동안 보고 있으면 그때처럼 오싹한 기분이 든다. 그렇기 때문에 나는 얼굴을 가급적 보지 않으려고 머리맡의 등불을 끄려 하는데, 남편은 반대로 그때만큼은 방을 밝게 해 두려 한다. 그리고 내 몸 구석구석을 가급적 자세히 보려고 한다. (나는 여간해서는 그런 요구에는 응하지 않으려고 하지만, 발만큼은 너무나 집요하게 졸라서 어쩔 수 없이 보여 준다.) 나는 남편 이외의 남자를 모르지만 대체로 남자들이란 그렇게 집요한 것일까? 끈적끈적 칙칙하게 엉겨들며 여러 가지 쓸데없는 유희를 하고 싶어 하는 것은 모든 남자들의 공통적인 습성일까? ……

1월 7일

오늘 기무라(木村)가 새해 인사를 하러 왔다. 나는 포크너(William Faulkner, 1897~1962)의 『성역(Sanctuary)』을 읽던 중이었기 때문에 잠깐 인사를 하고는 서재로 올라갔다. 기무라는 거실에서 아내와 도시코(敏子)랑 한동안 이야기를 나누고 있었는데, 3시 조금 넘어서 「사브리나(Sabrina)」(1954)를 보러 간다며 모두 나갔다. 그리고 기무라는 6시 무렵 함께 돌아와서 우리 가족과 저녁 식사를 하고 9시 조금 지나서까지 이야기를 하다가 돌아갔다. 도시코를 제외한 세 명은 식사 때 브랜디를 조금씩 마셨다. 이쿠코는 요즘 주량이 조금 는 것 같다. 그녀에게 술을 가르친 것은 나지만 원래 그녀는 술을 잘하는 편이었다. 그녀는 술을 권하면 권하는 대로 묵묵히 받아 마시며 상당한 양을 즐긴다. 물론 취하기는 한다. 하지만 취하는 방법이 음성적이라 겉으로 드러나지 않고, 속으로 공격받는 것을 언제까지고 가만히 견디고 있으므로 남들은 눈치채지 못하는 경우가 많다. 오늘 밤에는 기무라가 브랜디를 포도주 잔으로 두 잔 반까지 권했다. 아내는 다소 창백한 얼굴을 하고 있었지만 취한 기색은 보이지 않았다. 오히려 나와 기무라의 얼굴이 빨개졌다. 기무라는 술이 그다지 세지 않았다. 아내보다 약한 정도다. 아내가 나 이외의 남자로부터 브랜디 잔을 받은 것은 오늘 밤이 처음이 아닌가 한다. 기무라는 처음에 도시코에게 권했지만 도시코가 "저는 안 돼요. 엄마한테 따라 드리세요."라고 했기 때문이다. 나는 일찍이 도시코가 기무라를 피한다는 느낌을 받았는데, 그것은 기무라가 도시코보다 자신의 엄마에게 친애의 정을 보이는 경향이 있음을 알아차렸기 때문이 아닌가 한다. 내 질투심 때문에 그런 느낌이 든 것인가 하는 생각이 들어서 애써 부정하려 했지만 역시 질투심 때문은 아닌 것 같다. 애당초 아내는 손님에게 무뚝뚝한 편으로 특히 남자 손님은 만나려 하지 않는데, 기무라에게만은 친근하게 군다. 도시코도 아내도 나도, 이날 이때까지 입 밖으로 낸 적은 없지만 기무라는 제임스 스튜어트(James Stewart, 1908~1997)를 닮았다. 그리고 나는 아내가 제임스 스튜어트를 좋아하고 있음을 안다.(아내가 그 사실을 입 밖에 낸 적은 없지만 제임스 스튜어트의 영화라면 빼놓지 않고 보러 다니는 것 같다.) 물론 아내가 기무라에게 접근하는 것은 내 명령 탓이다. 기무라를 도시코의 짝으로 삼으면 어떨까 하는 생각에 그를 우리 집에 출입시키며 두 사람이 어떤지 티 나지 않게 살펴보라고 했기 때문이다. 그런데 도시코는 그 혼담을 영 내켜 하지 않는 눈치다. 가급적이면 기무라와 둘만 있는 기회를 만들지 않으려고 하고, 대부분 이쿠코와 셋이서 거실에서 이야기하며 영화를 보러 갈 때도 반드시 엄마에게 권하여 같이 간다. '당신이 따라가니까 안되는 거야. 둘이서만 가게 내버려 둬 봐.'라고 해 보았지만 아내는 그 의견에는 반대로, 엄마로서 감독할 책임이 있다고 한다. '그것은 당신 생각이 고루하기 때문이야. 두 사람을 믿으면 되는 거야.'라고 하면, '저도 그렇게 생각하기는 하지만 도시코가 따라오라고 해서요.'라고 한다. 사실 도시코가 그렇게 말한다면, 그것은 자기보다 어머니가 기무라를 더 좋아하므로 오히려 자신이 어머니를 위해 중개 서는 수고를 하려는 것은 아닐까? 나는 어쩐지 아내와 도시코 사이에 암묵적인 약속이 있는 것 같아서 참을 수가 없다. 적어도 아내 스스로는 의식하지 못해서 자신이 젊은 두 사람을 감독하고 있다고 생각할지 모르지만, 실제로는 기무라를 사랑하는 것 같은 생각이 들어서 견딜 수가 없다. ……

1월 8일

어젯밤에는 나도 취했지만 남편은 더 취했다. 남편은 요즘 별로 강요한 적이 없었던 눈꺼풀 키스를 해 달라고 자꾸만 조른다. 나도 브랜디 기운으로 상궤를 벗어나서 얼떨결에 요구에 따랐다. 거기까지는 좋았는데 키스를 하는 바람에 그만 보지 말아야 할 것을 — 안경을 벗은 그이의 얼굴을 그만 봐 버리고 말았다. 눈꺼풀에 키스를 해 줄 때 나는 늘 눈을 감았는데 어젯밤에는 도중에 눈을 뜨고 말았다. 그 알루미늄 같은 피부가 시네마스코프로 확대된 것처럼 거대하게 눈앞을 가로막았다. 소름이 오싹 끼쳤다. 그리고 갑자기 얼굴이 창백해지는 것을 느꼈다. 하지만 다행히 남편은 곧 안경을 썼다. 늘 그렇듯이 내 손발을 상세히 살펴보기 위해. …… 나는 잠자코 머리맡에 있는 스탠드를 껐다. 남편은 손을 뻗어 스위치를 돌리려고 했지만 나는 스탠드를 멀리 밀어 놓았다. '여보, 제발 한 번만 더 보여 줘. 제발 부탁이야…….'라고 하며 남편은 어둠 속에서 스탠드를 찾았지만, 결국 찾지 못하고 단념했다. …… 오랜만의 긴 포옹. ……

나는 남편을 절반은 몹시 싫어하고, 절반은 몹시 사랑한다. 나는 남편하고는 궁합이 거의 맞지 않지만 그렇다고 다른 사람을 사랑할 마음은 들지 않는다. 나는 오랫동안 정조 관념에 사로잡혀 있었기 때문에 선천적으로 그것을 저버릴 수가 없다. 남편의 집요하고 변태적인 애무 방법은 참으로 당혹스럽지만, 그래도 그이가 나를 열광적으로 사랑하는 것은 분명하기 때문에 나도 뭔가 보답하지 않으면 미안하다는 생각이 든다. 아아, 그이에게 얼마 전과 같은 체력이 남아 있다면…… 도대체 그이는 왜 그토록 그쪽 방면의 체력이 감퇴해 버린 것일까. …… 그이 입장에서는 너무 음탕해진 나에게 휘말려 절도를 잃은 탓이며, 여자는 그런 면에서 불사신이지만 남자는 머리를 사용하기 때문에 그런 일이 바로 몸에 영향을 끼친다고 한다. 그런 말을 들으면 수치스럽기는 하지만, 나의 음탕함은 타고난 바이기 때문에 나도 어찌할 수 없다는 사실을 남편도 알아줄 것이다. 남편이 진심으로 나를 사랑한다면, 마찬가지로 어떻게 해서든 나를 기쁘게 해 주어야 한다. 다만 꼭 알아주었으면 하는 것은 그 불필요하고 지나친 장난만은 견딜 수가 없다는 것, 내게는 그런 장난이 아무런 도움이 되지 않을 뿐만 아니라 오히려 마음만 상하게 할 따름이라는 것, 나는 원래 어디까지나 구식으로 장막을 친 어둡고 깊숙한 규중에서 두꺼운 이불에 몸을 묻어 남편의 얼굴도 내 얼굴도 알아보지 못하게 하고 조용히 일을 치르고 싶다. 부부의 취향이 이런 점에서 크게 어긋나는 것은 더없는 불행이다. 어떻게 서로 타협점을 찾아낼 방법은 없는 것일까? ……

1월 13일

…… 4시 30분 무렵에 기무라가 왔다. 고향에서 소금에 절인 숭어알을 보내서 가지고 왔다며 셋이서 이야기를 하다가 한 시간 정도 되니 돌아가려고 했다. 나는 아래층으로 가서 밥을 먹고 가라고 붙잡았다. 기무라는 별 사양하는 기색도 없이 그럼 잘 먹겠다고 하며 눌러앉았다. 식사 준비를 하는 동안 나는 다시 2층으로 올라가 있었는데, 도시코가 혼자서 부엌일을 떠맡았고 아내는 거실에 남아 있었다. 음식이라고 해도 평소 먹던 것뿐이었지만, 술안주로 기무라가 가지고 온 소금에 절인 숭어알과 어제 아내가 니시키(錦) 시장에서 사 온 붕어 초밥이 있었기 때문에 바로 브랜디를 마시게 되었다. 아내는 단것을 싫어하고 술꾼들이나 좋아할 만한 것을 즐기는데, 그중에서도 붕어 초밥을 좋아한다. — 나는 단것도 좋아하고 술도 좋아하지만 붕어 초밥은 좋아하지 않는다. 식구들 중에 아내 말고는 그것을 먹는 사람이 없다. 나가사키(長崎) 출신인 기무라도 소금에 절인 숭어알은 좋아하지만 붕어 초밥은 질색이라고 했다. — 기무라는 고향 특산물 같은 것을 가지고 온 적이 없었는데, 오늘은 처음부터 저녁 식사를 같이할 저의가 있었던 것 같다. 지금으로서는 그의 심리를 알 수가 없다. 그는 이쿠코와 도시코 중 어느 쪽에 끌리는 것일까? 만약 내가 기무라라고 치고 누구에게 더 끌리느냐 하고 물으면, 나이는 더 들었지만 어머니 쪽일 것이 분명하다. 하지만 기무라는 어느 쪽이라고도 말을 못 한다. 그의 최후 목적은 오히려 도시코일지

도 모른다. 도시코가 그와의 결혼을 그다지 마음 내켜 하지 않는 것 같으니까 우선 어머니의 환심을 사고, 어머니를 통해 도시코를 움직이려는 것일까? — 아니 그건 그렇다 치고 나는 도대체 무슨 생각을 하는 것일까? 이런 심리는 내가 생각해도 기묘하다. 며칠 전인 7일 밤에 나는 이미 기무라에 대해 어렴풋한 질투(어렴풋하지 않은지도 모른다.)를 느꼈다. — 아니 그렇지 않다. 사실은 작년 말쯤부터였다. — 그러나 한편으로는 그 질투를 몰래 즐겼다고 해야 하지 않을까. 나는 원래 질투를 느끼면 그 방면으로 충동을 느낀다. 그렇기 때문에 어떤 의미에서는 질투가 필요하기도 하고 쾌감을 느끼기도 한다. 그날 밤 나는 기무라에 대한 질투를 이용하여 아내를 기쁘게 하는 데 성공했다. 나는 우리 부부의 성생활을 만족스럽게 지속하기 위해서는 기무라라는 자극제의 존재가 필수불가결하다는 사실을 알게 되었다. 그러나 아내가 주의했으면 하는 것이 있다. 그것은 말할 필요도 없이 기무라를 자극제로서 이용하는 범위를 일탈하지 않았으면 하는 것이다. 아내는 상당히 아슬아슬한 지경까지 가도 되리라. 아슬아슬하면 할수록 좋다. 나는 나를 미치도록 질투하게 하고 싶다. 어쩌면 범위를 넘어선 것은 아닐까 하며 다소 의심을 품을 정도라도 괜찮다. 그 정도까지 가길 바란다. 내가 이 정도라고 해도 그녀는 도저히 대담한 짓을 할 수 없을 것 같지만 그런 식으로 나를 자극해 주는 것은 그녀 자신의 행복을 위한 일이기도 하다, 라고 생각하길 바란다.

1월 17일

…… 기무라는 그 뒤로 아직 한 번도 오지 않았지만, 나와 아내는 그날 이후로 매일 밤 브랜디를 사용한다. 아내는 술을 권하면 꽤 마신다. 나는 아내가 애써 취기를 숨기며 차갑고 창백한 표정을 짓는 것이 좋다. 아내의 그런 모습에서는 무어라 형언할 수 없는 색기가 느껴진다. 그녀를 취하게 해서 잠들게 하려는 저의도 있었지만 그녀는 아무래도 그 수에는 넘어가지 않는다. 술이 취하면 점점 더 심술궂어져서 발을 만지지 못하게 한다. 그리고 자신이 원하는 것만 요구한다. ……

1월 20일

…… 오늘은 하루 종일 두통이 난다. 숙취라고 할 것까지는 아니지만 어제는 조금 과한 것 같았다. …… 내 브랜디 양이 점점 늘어가는 것을 기무라는 걱정한다. 요즘엔 두 잔 이상은 상대를 해 주지 않는다. '이제 적당히 하셔야죠.'라고 말리는 편이다. 반대로 남편은 전보다 더 마시게 하고 싶어 한다. 따라 주면 거절하지 못하는 버릇을 알기 때문에 얼마든지 마시게 할 심산인 것 같다. 하지만 이제 이 정도가 한계다. 남편이나 기무라 씨가 보는 앞에서 흐트러진 적은 한 번도 없지만 참고 술을 마시니 나중에 괴롭다. 나는 조심해야 한다. ……

1월 28일

…… 오늘 밤에 갑자기 아내가 인사불성이 되었다. 기무라가 와서 넷이 식탁에 둘러앉아 한참 식사를 하던 중에 그녀가 어디론가 사라져서는 한동안 돌아오지 않자, 기무라는 "어떻게 되신 걸까요?"라고 하며 나갔다. 아내는 브랜디가 과하면 때때로 자리를 떠나 변소에 숨는 일이 있기 때문에 나는 "뭐, 이제 곧 돌아올 거네."라고 했다. 하지만 너무 오랫동안 돌아오지 않자 기무라는 조바심을 내며 찾으러 갔다. 그리고 얼마 후 "도시코, 좀 심상치 않으니까 와 주세요."라며 복도에서 도시코를 불렀다. — 도시코는 오늘 밤에도 적당한 속도로 잽싸게 식사를 마치고 방으로 들어가 있었다. — "이상해요, 부인께서 아무 데도 안 계시는 것 같아요."라고 하길래 도시코가 찾아보니, 아내는 욕조에 몸을 담근 채 욕조 가장자리에 올려놓은 두 손에 얼굴을 묻고는 잠들어 있었다. "엄마, 이런 곳에서 주무시면 안 돼요."라고 해도 대답을 하지 않는다. "선생님, 큰일입니다." 라고 기무라가 달려와서 알렸다. 나는 욕실에 들어가서 맥을 짚어 보았다. 맥박은 미약하고 1분에 90회 이상 100회 가까이나 뛰고 있었다. 나는 나체가 되어 욕조에 들어가 있는 아내를 안고 욕실 나무판 위에 눕혔다. 도시코는 큰 목욕 타월로 어머니의 몸을 덮어 주고 나서 "어쨌든 이부자리를 펴야겠어요."라고 하며 침실로 갔다. 기무라는 어찌할 바를 몰라 욕실을 나왔다 들어갔다 하며 허둥지둥했지만, "자네도 좀 도와주게나."라고 하자, 안심하고 쭐레쭐레 들어왔

다. “물기를 빨리 닦아 주지 않으면 감기에 걸릴 거야. 미안하지만, 도와주게나.”라고 하고는 둘이서 마른 타월을 가지고 젖은 몸을 닦아 주었다. (이런 순간에도 나는 기무라를 ‘이용’하는 것을 잊지 않았다.) 나는 그에게 상반신을 맡기고, 하반신은 내가 맡았다. 나는 발가락 사이사이까지 깨끗하게 닦아 주었고 “이봐 자네, 그 손가락 사이사이를 닦아 주게.”라고 기무라에게도 명령했다. 그리고 그 순간에도 방심하지 않고 기무라의 동작이나 표정을 관찰했다. 마침 도시코가 잠옷을 가지고 왔는데 기무라가 거들고 있는 모습을 보자 “뜨거운 물주머니를 만들게요.”라고 하며 곧 다시 나갔다. 나와 기무라는 둘이서 이쿠코에게 잠옷을 입힌 후 침실로 옮겼다. “뇌빈혈일지도 모르니까 뜨거운 물주머니는 그만두는 것이 좋지 않을까요.”라고 기무라가 말했다. 의사를 부를까 말까 셋이서 한동안 의논을 했다. 나는 고다마(兒玉) 씨라면 믿을 수 있으리라 생각했지만 그래도 아내의 이런 추태를 보이는 것은 마음이 내키지 않았다. 하지만 심장이 약해진 것 같아서 결국은 와 달라고 했다. 역시 뇌빈혈이라고 하며 “염려하실 것은 없습니다.”라고 했다. 비타캠퍼라는 강심제 주사를 놓아 주고 고다마 씨가 돌아간 것은 새벽 2시였다. ……

1월 29일

어젯밤 과음으로 괴로워서 화장실에 간 것까지는 기억이 난다. 그리고 목욕탕에 가서 쓰러진 것도 어렴풋이 기억난다. 그 이후의 일은 잘 모르겠다. 오늘 새벽에 눈을 떠 보니 누군가 옮겨 놓았는지 침대에 누워 있었다. 오늘은 하루 종일 머리가 무겁고, 일어날 기력이 없다. 잠이 깼는가 싶으면 또 금방 잠이 들어 꿈을 꾸며 하루 종일 비몽사몽이다. 저녁때 기분이 좀 나아져서 겨우 이 정도만 적는다. 이제부터 다시 잘 생각이다.

1월 29일

…… 아내는 어젯밤 사건 이후 여태 한 번도 일어난 기색이 없다. 어젯밤 나와 기무라 둘이 그녀를 목욕탕에서 침실로 옮긴 것이 12시 무렵, 고다마 씨를 부른 것이 0시 30분 무렵, 그가 돌아간 것이 오늘 새벽 2시쯤. 그를 배웅하고 돌아왔을 때 밖을 보니 별이 떠서 아름다운 밤이었지만, 한기가 매서웠다. 침실 스토브는 자기 전에 석탄 한 움큼만 집어넣어 두어도 그럭저럭 따뜻했지만, 기무라가 "오늘은 따뜻하게 해 드리는 것이 좋겠습니다."라고 하길래 석탄을 듬뿍 집어넣게 했다. 기무라는 "그러면 부디 몸조리 잘 하시기 바랍니다. 저는 이만 돌아가겠습니다."라고 했다. 하지만 이런 시각에 그냥 보낼 수는 없었다. "이부자리는 있으니까 거실에서 자게."라고 하니 "뭐, 가까우니까 괜찮습니다."라고 한다. 그는 이쿠코를 데려다 놓고 나서 그대로 침실에서 어정버정하고 있었다. (앉으려 해도 여분의 의자가 없었기 때문에 내 침대와 아내의 침대 사이에 서 있었다.) 그러고 보니 도시코는 기무라가 들어옴과 동시에 엇갈려서 나갔고, 그 후에 다시는 모습을 보이지 않았다. 기무라는 "아뇨, 괜찮습니다."

라고 하며 굳이 사양하고는 결국 돌아갔다. 그러나 솔직히 말하자면 그것이 내가 바라던 바였다. 나는 아까부터 마음속에 어떤 계획이 떠올랐기 때문에 내심 기무라가 돌아가기를 바랐다. 그가 떠나고 도시코도 나타날 염려가 없는 것을 확인한 뒤 아내의 침대에 다가가서 맥을 짚어 보았다. 비타캠퍼가 들었는지 맥박은 정상적으로 뛰었다. 얼핏 보기에 아내는 깊은 잠에 빠진 것처럼 보였다. — 그녀의 성격으로 보아 과연 정말로 잠이 든 것인지 잠든 척하는 것인지 그 점은 의심스러웠다. 하지만 잠든 척하는 것이라도 별문제 없다고 생각했다. — 나는 우선 스토브의 불을 더 세게 하여 타닥타닥 희미한 소리가 날 정도로 태우고, 플로어 스탠드 갓 위에 씌워 둔 검은 천 덮개를 서서히 벗겨 실내를 밝게 했다. 그리고 플로어 스탠드를 조용히 끌어당겨 그녀의 전신이 밝은 빛의 원 속에 들어가는 위치에 고정시켰다. 갑자기 심장이 심하게 요동치는 것을 느꼈다. 드디어 오늘 밤, 꿈꿔 온 일을 실행할 수 있다고 생각하니 그 기대로 흥분되었다. 나는 발소리를 죽여 침실을 나와 2층 서재의 책상에서 형광등 램프를 빼 와서 나이트 테이블 위에 놓았다. 이 일은 내가 예전부터 생각해 온 일이었다. 작년 가을 서재의 스탠드를 형광등으로 바꾼 것도 실은 언젠가 이런 기회가 오리라고 예상했기 때문이었다. 형광등으로 바꾸면 라디오에 잡음이 섞인다며 아내와 도시코가 반대를 했음에도 불구하고, 시력이 나빠져서 독서를 하기에 불편하다는 핑계로 바꾸었는데 — 사실 독서 때문이라는 것도 틀린 말은 아니지만 — 그보다도 언젠가는 형광등 불빛 아래서 아내의 전라를 보고 싶다는 욕망에 불타고 있었다. 이 일은 형광등이라는 것의 존재를 알았을 때부터 생긴 망상이었다. ……

…… 모든 것은 예기한 대로 되었다. 나는 아내의 옷을 하나부터 열까지 전부, 그녀가 몸에 걸치고 있는 것을 모조리 벗겨 다시 알몸으로 만든 후 형광등과 플로어 스탠드 조명 아래에 바로 눕혔다. 그리고 지도를 살펴보듯이 상세하게 살펴보기 시작했다. 티 한 점 없는 훌륭한 나신을 눈앞에 두고 한동안 완전히 넋이 나가 정신이 멍했다. 왜냐하면 내가 아내의 나체를 이렇게 전신 형태로 본 것은 처음이기 때문이다. 대부분의 '남편'들은 아마 자기 아내의 육체에 대해 발바닥 주름 개수까지 구석구석 상세하게 알고 있을 터다. 그런데 아내는 지금까지 자신의 몸을 절대로 보여 주지 않았다. 정사를 나눌 때 자연스럽게 본 적은 있지만 그것도 상반신 일부에 한정된 것으로, 정사에 필요하지 않은 곳은 절대로 보여 주지 않았다. 나는 단지 손으로 만져 보고 상상하여 아내가 상당히 멋진 육체의 소유자이리라고 생각했고, 그렇기 때문에 더욱더 훤한 불빛 아래서 보고 싶은 염원을 품고 있었는데, 역시 기대를 저버리지 않았다. 아니 오히려 기대 이상이었다. 나는 결혼 후 처음으로 아내의 전라를, 전신을 본 것이다. 특히 하반신은 정말이지 샅샅이 살펴볼 수 있었다. 그녀는 1911년생이니까 요즘 청춘 남녀같이 서양인 느낌이 나는 체격은 아니다. 젊었을 때 수영과 테니스 선수였던 만큼 동년배 일본 여성들과 비교하면 균형 잡힌 골격이지만, 젖가슴이 빈약하고 둔부는 충분히 발달하지 못했으며 다리도 나긋나긋 길기는 하지만 종아리가 약간 O자

형으로 바깥쪽으로 휘어 있어서 유감스럽게도 곧다고 하기는 어렵다. 특히 발목 부분이 가느다랗게 마무리되지 않은 것이 결점이기는 하지만, 나는 서양인처럼 너무 쭉 뻗은 다리보다 어느 정도 옛날 일본 여인 같은 다리, 엄마나 이모의 다리를 떠오르게 하는 휜 다리가 친근감이 들어서 좋다. 밋밋하고 막대기처럼 쭉 뻗은 것은 너무 직선적이다. 흉부나 둔부도 너무 발달한 것보다는 주구지(中宮寺)의 본존처럼 아주 살짝 봉긋해 보이는 정도가 좋다. 아내 몸은 아마 이런 모습이리라고 대충 상상하고 있었지만 과연 상상대로였다. 게다가 피부의 순결함은 상상을 넘어섰다. 대부분의 인간에게는 몸 어딘가에 조그만 반점 — 엷은 자주색이나 검푸른색의 얼룩 정도는 있는 법인데, 아내는 온몸을 세세히 살펴봐도 그런 것이 없었다. 그녀를 엎어 놓고 엉덩이 사이의 구멍까지 들여다보았지만 엉덩이 살이 좌우로 봉긋 솟아 있는 중간쯤 쏙 들어간 곳의 흰 피부색은 무어라 형언할 수 없었다. …… 45세라는 나이가 될 때까지, 딸을 하나 낳았으면서도 용케 피부에 상처나 반점 하나 생기지 않은 것이다. 나는 결혼 후 몇십 년 동안 암흑 속에서 손으로 만지는 것만 허락받았을 뿐 그 멋진 육체를 눈으로 보지 못한 채 오늘에 이르렀는데, 생각해 보면 그것이 오히려 행복이었다. 이십 몇 년간의 동거 후 비로소 아내의 육체를 알고 놀란 남편은 그때부터 새로운 결혼 생활을 시작하는 것과 같다. 이미 권태기도 지나갔기에 나는 옛날보다 배가된 정열을 가지고 아내와의 사랑에 탐닉할 수 있다. ……

나는 엎어 놓은 아내의 몸을 다시 한 번 뒤집어 눕혀 놓았다. 그리고 한동안 그 자태를 욕심껏 훑어보며 탄식할 뿐이었다. 문득 아내는 정말로 자고 있는 것은 아니라 자는 척을 하고 있음에 틀림없다는 생각이 들었다. 처음에는 정말로 자고 있었겠지만 도중에 잠을 깼으리라. 잠에서 깨기는 했지만 의외의 사태에 놀랐고 자신이 너무 수치스러운 모습을 하고 있어서 시종일관 잠든 척하고 있었던 것이다. 나는 그렇게 생각했다. 그것은 어쩌면 사실이 아니라 단순한 망상일지도 모른다. 하지만 나는 억지로라도 그런 망상을 믿고 싶었다. 이 희고 아름다운 피부에 감싸인 여체가 마치 시체처럼 내가 움직이는 대로 자세를 바꾸고 있지만 실은 살아서 모든 것을 의식하고 있다고 생각하자 참을 수 없는 희열이 일었다. 하지만 만약 그녀가 정말로 잠들어 있었다고 한다면, 이런 장난을 하고 있는 것을 쓰지 않는 편이 좋으리라. 아내가 이 일기장을 몰래 읽고 있는 것이 거의 틀림없는 상황에서 내가 이런 이야기를 일기로 쓴다면 앞으로 술을 먹고 취하는 일은 그만두지 않을까? …… 아니, 아마 그만두지는 않을 것이다. 그만두면 그녀가 이것을 몰래 읽고 있다는 사실을 증명하는 것이 될 테니. 그녀가 이것을 읽지 않는다면, 한참 의식을 잃은 상태에서 무슨 일이 있었는지 모를 테니까 말이다. ……

나는 오전 3시 무렵부터 약 1시간 이상이나 아내의 알몸을 들여다보며 한없는 감흥에 빠져 있었다. 물론 그동안 그냥 말없이 바라보고만 있었던 것은 아니다. 만약 그녀가 자는 척하고 있는 것이라면, 언제까지 그렇게 버틸지 시험해 보고 싶은 생각도 들었다. 끝까지 잠든 척하지 않을 수 없도록 난처한 상황을 만들고 싶은 생각도 들었다. 나는 항상 그녀가 싫어하던 갖가지 장난 — 그녀 입장에서 보면 집요하고, 수치스럽고, 징그럽고, 오서독스하지 않은 바보 같은 온갖 장난을 이번 사태를 기회 삼아 돌아가며 시도했다. 기가 막히게 아름다운 그 발을 혀로 마음껏 애무하고 싶다는 나의 오랜 염원을 비로소 이룰 수 있었다. 그 외에 갖가지 짓을, 그녀의 상투어를 흉내 내자면 여기에 쓰는 것조차 참으로 부끄러운 여러 가지 짓을 해 보았다. 아내가 어떤 반응을 보일지 궁금해서 성감대에도 한번 키스해 보았지만, 실수로 그만 그녀의 배 위에 안경을 떨어뜨려 버리고 말았다. 그때는 아내도 분명히 잠이 깼는지 흠칫하며 눈을 깜빡였다. 나도 당황해서 그만 흠칫하며 잠시 형광등을 끄고 실내를 어둡게 했다. 그리고 스토브 위에 올려놓았던 주전자의 따뜻한 물에 찬물을 섞어 미지근하게 만든 물과 함께 루미날 한 알과 카도로녹스 반 알을 먹였다. 내가 입으로 옮겨 주자 아내는 반쯤 꿈을 꾸는 듯한 모습으로 받아먹었다. (그 정도 분량을 먹어도 어떨 때는 듣지 않는다. 나도 꼭 잠들게 할 목적으로 먹인 것은 아니다. 그녀가 잠든 척할 구실을 만들어 주려고 먹인 것이다.)

그녀가 잠이 든 것(어쩌면 잠든 척하고 있는 것)을 눈으로 확인하고 나서 마지막 목적을 이룰 행동을 개시했다. 오늘 밤은 아내에게 방해받지 않고 충분히 준비 운동을 하여 정욕을 불러일으켰고, 이상한 흥분에 들뜬 상태였기 때문에 내 자신도 놀랄 정도로 일을 해낼 수 있었다. 오늘 밤의 나는 평소의 기개 없고 주눅 든 내가 아니라 아내의 음란함을 정복할 수 있는 강력한 나였다. 나는 앞으로도 빈번하게 그녀를 인사불성이 될 만큼 취하게 하는 수밖에 없다고 생각했다. 그런데 그녀 역시 몇 번에 걸쳐 일을 치루었음에도 불구하고 여전히 완전하게 잠을 깬 것처럼 보이지 않았다. 여전히 비몽사몽 상태인 듯했다. 때때로 그녀는 눈을 반쯤 떠 보였지만, 엉뚱한 곳을 보고 있었다. 눈썹도 천천히 움직였지만 몽유병자 같은 움직임이었다. 그리고 전에 없이 내 가슴, 팔, 뺨, 다리 등을 손으로 더듬었다. 아내는 지금까지 절대로 필요 이외의 부분을 보거나 만지는 일이 없었다. 아내의 입에서 '기무라 씨'라는 말이 잠꼬대처럼 흘러나온 것은 그때였다. 희미하게, 정말이지 희미하게 단 한 번뿐이었지만, 확실히 그렇게 말했다. 정말로 잠꼬대였을까? 여전히 의문이다. 그리고 여러 가지 의미로 해석할 수 있다. 잠결에 기무라와 정교를 하는 꿈을 꾼 것일까? 아니면 그렇게 보이도록 해서 '아아, 기무라 씨하고 이렇게 했으면.' 하는 마음을 내게 알리려고 한 것일까? 아니면 또 '나를 취하게 해서 오늘처럼 장난을 하면 항상 기무라 씨와 함께 자는 꿈을 꿀 거예요. 그러니까 이런 장난은 그만둬요.'라는 의미일까? ……

…… 저녁 8시가 지나서 기무라에게서 전화가 왔다. "그 후 사모님께서는 어떠세요? 찾아뵈었어야 하는데요." 라고 하길래 "그러고 나서 수면제를 먹여서 또 재웠네. 별로 괴로워 보이지는 않으니까 걱정할 것까지는 없네."라고 대답했다…….

1월 30일

그 이후 쭉 침대에 누워 있다. 지금 시각은 오전 9시 30분, 월요일이다. 남편은 30분 전쯤 나간 것 같다. 나가기 전에 침실에 찾아왔길래 자는 척하고 있자, 잠시 내 숨소리를 살펴보고는 다시 한 번 발에 키스하고 나갔다. 할멈이 "기분은 좀 어떠세요."라고 물으며 들어오길래 뜨거운 타월을 갖다 달라고 해서 실내 세면대에서 간단히 세수를 하고 우유와 반숙란 하나를 부탁했다. "도시코는요?" 하고 물어보자 "방에 계세요."라고 대답했지만 도시코는 보이지 않는다. 나는 이제 기분도 좋아졌고, 일어나려고 하면 일어나지 못할 것도 없지만 누운 채로 일기를 쓰기로 하고 그저께 밤 이후의 일을 조용히 되새겨 보았다. 그저께 밤에는 도대체 왜 그렇게 취했던 것일까? 몸 상태도 어느 정도 원인이 되었겠지만, 첫째로는 브랜디가 평소에 마시던 스리스타스가 아니었다. 남편이 새것을 한 병 사 왔는데, '브랜디 오브 나폴레옹'이라고 씌어 있었다. 쿠르부아지에(Courvoisier)라는 이름의 브랜디였다. 내 입맛에 아주 잘 맞아서 그만 도를 넘어 버렸다. 나는 남에게 취한 모습을 보여 주는 것이 싫어서 과음으로 속이 나빠지면 화장실에 틀어박히는 버릇이 있는데, 그날 밤에도 그랬다. 나는 화장실에 얼마나 틀어박혀 있었던 것일까? 몇십 분? 아니 한두 시간 정도 있었던 것 아닐까? 나는 조금도 괴롭지 않았다. 괴롭다기보다는 황홀한 기분이었다. 의식은 몽롱한 상태였지만, 기억이 전혀 없는 것은 아니고 군데군데 생각나는 부분도 있다. 너무 오랫동안 변기에 웅크리고 앉아 있었기 때문에 허리도 아프고 다리도 아파서, 어느새 변기 앞쪽 가리개에 두 손을 짚고 결국은 머리까지 바닥에 철썩 닿아 버린 일도 어렴풋이 기억이 난다. 그리고 온몸에서 화장실 냄새가 나서 밖으로 나왔는데, 냄새를 씻어 낼 요량이었는지 아니면 아직 걸음걸이가 불안정해서 다른 사람을 만나는 것이 싫었는지 그대로 목욕탕에 가서 옷을 벗은 것 같다. 벗은 것 같다고 하는 이유는 뭔가 아득히 먼 꿈속에서 일어난 일처럼 기억에 남아 있기 때문인데, 그 뒤에 무슨 일이 일어났는지는 생각나지 않는다. (오른팔 상박부에 반창고가 붙어 있는 것을 보면 누군가 주사를 놓은 것 같은데 고다마 선생님이라도 부른 것일까?) 정신이 들었을 때는 이미 침대 위였고, 이른 아침 햇살이 침실을 어렴풋이 비추고 있었다. 그것이 어제 새벽 6시 무렵의 일이었던 것 같은데 그 이후로는 쭉 의식이 확실하지 않았다. 머리가 빠개질 듯이 아프고 전신이 묵직하고 푹 가라앉는 느낌이 들며 몇 번이나 잠이 들었다 깨기를 반복했다. — 아니, 완전히 잠을 깨지도 않고 잠들지도 않은, 어중간한 정도의 상태가 어제 하루 종일 되풀이되었다. 머리는 지끈지끈 아팠지만 그 통증을 잊게 하는 기괴한 세계를 오갔다. 그것은 확실히 꿈임에 틀림없지만 그렇게 또렷하고 현실 같은 꿈이 있을까? 처음에는 갑자기 내가 육체적으로 예리한 고통과 열락(悅樂)의 최고점에 달했음을 깨달았고 남편이 희한하게도 강력한 충실감을 느끼게 하는 것을 이상하게 생각하였는데, 얼마 후 내 위에 남편이 아니라 기무라가 있음을 깨달았다. 그러면 기무라 씨는 나를 돌보기 위해 여기서 잤던 것일까? 남편은 어디로 간 것일까? 나는 이런 부도덕한 짓을 해도 되는 것일까? …… 그러나 그 쾌감은 나에게 그런 생각을 할 여유조차 주지 않을 만큼 멋진 것이었다. 남편은 지금까지 단 한 번도 이런 쾌감을 준 적이 없었다. 부부 생활을 시작하고 이십몇 년 동안 남편은 얼마나 지루한, 이번과는 너무나도 다른, 미지근하고 어정쩡하고 찜찜한 뒷맛을 보게 했던 것일까? 지금 생각해 보면 그런 것은 진정한 성교가 아니었다. 이것이 진정한 성교다. 기무라 씨가 나에게 그것을 가르쳐 준 것이다. …… 나는 그런 생각을 하는 한편, 사실은 꿈이라는 것도 어렴풋이 알았다. 나를 포옹하는 남자가 기무라 씨처럼 보이지만 꿈속에서 그렇게 느낀 것이고, 실은 남편이라는 것 — 남편에게 안겨 있으면서 기무라 씨라고 느낀 것이라는 사실 — 을 나는 알 수 있었다. 아마 남편은 그저께 나를 목욕탕에서 이곳으로 옮겨다가 눕혀 놓고 내가 의식을 잃었으니 옳다구나 하고 내 몸을 이리저리 가지고 놀았음에 틀림없다. 그이가 너무나 맹렬하게 겨드랑이 밑을 빨아 대는 바람에 한순간 의식이 돌아왔다. — 그이가 지나치게 열중한 나머지 쓰고 있던 안경을 옆구리 위에 떨어뜨려서 섬뜩한 나머지 순간적으로 잠을 깬 것이었다. — 나는 옷이 싹 벗겨져 실오라기 하나 걸치지 않은 상태로 플로어 스탠드와 머리맡 형광등 스탠드가 그린 창백한 원 속에 알몸을 드러내고 있었다. — 그렇다. 형광등 빛이 너무나 밝아서 잠을 깼는지도 모른다. — 그래도 나는 그냥 멍하니 있었을 뿐이었지만, 남편은 배 위에 떨어뜨린 안경을 주워 쓰고는 겨드랑이 밑을 빠는 것을 그만두고 하복부 근처에 입술을 대고 빨기 시작했다. 내가 당황하여 반사적으로 몸을 웅크리고 감추려고 모포를 찾은 것이 생각났다. 남편도 내가 잠을 깬 것을 눈치채고 나에게 오리털 이불과 모포를 덮어 주며 형광등을 끄고 플로어 스탠드 갓 위에 덮개를 씌웠다. — 침실에 형광등이 놓여 있었을 리는 없으니까, 남편은 서재 책상에 있는 것을 가지고 왔을 터다. 남편이 형광등 불빛 아래에서 내 몸을 구석구석 자세히 들여다보며 한없는 기쁨을 맛보았으리라 생각하자 — 자신조차 그렇게 자세히 본 적이 없는 부분을 남편에게 보여 주고 말았나 싶어서 얼굴이 붉어지는 것 같았다. 남편은 상당히 오랜 시간 동안 나를 나체인 채로 놓아두었음에 틀림없다. 그 증거로 내가 감기에 걸리지 않도록 — 그리고 잠에서 깨지 않도록 — 스토브에 석탄을 시뻘겋게 피워 방 안을 보통 이상으로 따뜻하게 해 둔 점을 들 수 있다. 지금 생각하면 남편이 나를 가지고 논 것에 화도 나고 수치스럽기도 하지만 그때는 그런 것보다 머리가 지끈지끈 쑤셔서 견딜 수 없었다. 남편이 — 카도로녹스인지 루미날인지 이소미탈인지 모르겠지만 무슨 수면제였을 것이다. — 물과 함께 깨물어 터뜨린 정제를 입으로 옮겨서 먹여 주었는데 나는 두통을 잊고 싶어서 그것을 순순히 받아먹었다. 그러자 얼마 후 다시 의식을 잃어 갔고 비몽사몽 상태가 되었다. 내가 남편이 아니라 기무라 씨를 안고 자는 것 같은 환각을 본 것은 그 이후였다. 환각? 그러고 보니 뭔가 멍한 게 지금 당장이라도 꺼져 버릴 것처럼 공중에 떠 있는 것 같았는데, 내가 본 것은 그렇게 간단한 것이 아니었다. '안고 자는 것 같은 환각'이라고 했지만 '같은'이 아니라 정말로 '안고 잤던' 실감이 지금도 여전히 팔과 허벅지 피부에 분명히 남아 있다. 그것은 남편의 피부에 닿는 것과는 전혀 다른 감각이다. 나는 틀림없이 이 손으로 기무라 씨의 젊디젊은 팔 근육을 잡고 그 탄력 있는 가슴팍에 눌려 있었다. 무엇보다도 기무라 씨의 살갗은 매우 희어서 일본인의 피부가 아닌 것 같은 느낌이 들었다. 게다가…… 아아, 창피스러운 일이지만……. 설마설마 남편이 이 일기의 존재를 알 리 없고 하물며 내용을 읽을 리도 없을 것이라 생각해서 써 두는 것인데……. 아아, 남편도 이 정도로 해 주었으면……. 남편은 왜 이렇게 못 하는 것일까? …… 참으로 기묘한 일이지만, 나는 그렇게 생각하면서도 그것이 꿈인 것을 알았다……. 꿈이라고 해도 일부는 현실이고 일부는 꿈임을……. 왜냐하면 실은 남편에게 당하는 것인데, 남편이 기무라 씨처럼 보이는 것 같다는 사실도 의식 어딘가에서 느끼고 있었다. 다만 이상한 것은 그 충실감만이 …… 남편의 것이라고는 생각되지 않는 압각(壓覺)이 여전히 느껴지는 것이었다.

…… 만약 그 쿠르부아지에 덕분에 그렇게 취할 수 있었다면, 그리고 그런 환각을 느낄 수 있었던 것이라면 나는 그 브랜디를 몇 번이고 마셨으면 한다. 그렇게 취하는 것을 가르쳐 준 남편에게 감사한다. 하지만 내가 환각 상태에서 본 것이 실제 기무라 씨였을까? 나는 현실적으로는 기무라 씨의 용모와 의복을 통한 자태만을 알 뿐 아직 한 번도 알몸을 본 적이 없는데, 어떻게 그것이 환각으로 나타난 것일까? 그것은 내가 공상한 기무라 씨로 현실의 기무라 씨하고는 다른 것일까? 나는 꿈이나 환각이 아니라 실제로 기무라 씨의 알몸을 한번 보고 싶다는 생각이 든다. ……

1월 30일

…… 정오가 지나서 기무라가 학교로 전화를 걸어 '용태는 어떠십니까?'라고 하길래, '오늘 아침에 내가 나올 때까지는 자고 있었는데 이제 아무렇지도 않은 것 같네. 오늘 밤에 또 한잔하러 오게.'라고 했더니 '별말씀을요. 그저께 밤에는 깜짝 놀랐습니다. 선생님께서도 좀 삼가셔야겠습니다. 하지만 어쨌든 문안은 여쭈러 가겠습니다.'라고 하고는 오후 4시에 찾아왔다. 아내도 일어나서 거실에 나와 있었다. 기무라는 '이제 곧 실례하겠습니다.'라고 했지만, 나는 '오늘 밤에는 꼭 다시 한 번 마시세. 뭐 괜찮을 걸세. 괜찮네.'라고 하며 강하게 권했다. 아내도 옆에서 들으며 싱글벙글했다.

절대로 싫지 않은 표정이었다. 기무라도 입으로는 그렇게 말하면서 실제로 자리에서 일어설 기색은 없었다. 기무라는 그저께 밤에 자신이 돌아간 후 우리들의 침실에서 어떤 일들이 일어났는지 알 리가 없다. (나는 그저께 날이 밝기 전 형광등을 2층 서재에 다시 갖다 두었다.) 그리고 설마 자신이 이쿠코의 환영 세계에 나타나 그녀를 도취시켰음을 알 리도 없겠지만, 내심 이쿠코를 취하게 하고 싶은 듯한 모습을 보이는 것은 왜일까? 기무라는 이쿠코가 무엇을 원하는지 아는 것 같다. 알고 있다면 그것은 이심전심인 것일까, 아니면 이쿠코에게서 암시를 받은 것일까. 다만 셋이서 술을 마시기 시작하면 도시코는 항상 싫은 표정을 짓고 혼자서 서둘러 식사를 끝내고 나가 버린다. ……

…… 오늘 밤에도 아내는 도중에 자리를 떠서 화장실에 숨었고, 목욕탕(목욕은 하루 걸러서 하는데 아내는 할멈에게 당분간 매일 물을 데우라고 했다. 할멈은 통근을 했기 때문에 저녁때 물만 채워 놓고 돌아갔고 가스에 불을 붙이는 것은 우리들 중 누군가 했는데, 오늘 밤에는 적당한 때에 이쿠코가 불을 붙였다.)에 가서 쓰러졌다. 모든 것이 그저께 그대로였다. 고다마 씨가 와서 주사를 놓았다. 도시코가 자리를 빠져나간 것도, 기무라가 적당히 수발을 하다가 떠나간 것도 그저께 밤과 똑같았다. 그 후의 내 행동도 똑같았다. 그리고 가장 기괴한 것은 아내의 잠꼬대도 똑같았다는 것이다. …… '기무라 씨'라는 말이 오늘 밤에도 그녀의 입에서 흘러나왔다. 그녀는 오늘 밤에도 같은 상황에서 같은 꿈을 꾸고, 같은 환각을 보았을까? …… 나는 그녀에게 농락당하고 있다고 생각해야 하는 것일까…….

2월 9일

…… 오늘 도시코가 따로 살림을 내 달라고 했다. 이유는 조용히 공부를 하고 싶기 때문이고, 다행히 자취하기에 적당한 집이 있어서 그럴 생각을 한 것이라고 한다. 그것은 도시샤 대학(同志社大学)에서 그녀에게 프랑스어를 가르쳐 주던 프랑스인 노부인의 집으로, 지금도 도시코는 그 노부인에게 개인 교습을 받고 있다. 부인의 남편은 일본인이지만 현재 중풍으로 누워 있으며 부인만 도시샤에서 교편을 잡거나 개인 교습을 해서 남편을 부양한다. 그런데 남편이 발병하고 나서는 자택으로 도시코 말고는 학생을 들이지 않고 주로 밖에서 가르치는 일만 한단다. 가족은 부부 두 사람뿐으로 평수는 넓지 않지만, 남편이 서재로 사용하던 다다미 여덟 장짜리 사랑채를 지금은 사용하지 않고 있단다. 그곳에 사람을 들이면 부인도 병든 남편을 집에 두고 외출해도 안심이 된다는 것이다. 전화도 있고, 가스 설비가 되어 있는 욕실도 있다. 도시코가 세를 들어와 준다면 더 이상 바랄 것 없는 행운이라고 부인 쪽에서 먼저 이야기했단다. 피아노를 가지고 온다면 사랑채 마룻바닥에 벽돌이라도 깔아서 마룻귀틀을 튼튼히 하고 전화도 바꿀 것이며, 화장실이나 목욕탕도 남편 병실을 지나가게 되어 있어서 불편하니까 사랑채에서 직접 다닐 수 있게 통로를 만들 것이다. 그것도 아주 간단히 얼마 안 되는 비용으로 설치할 수 있다. 부인이 집에 없는 동안 환자인 남편에게 전화가 오는 일은 어지간해서는 없겠지만, 그런 일이 있다 하더라도 일절 불문에 붙이는 것으로 할 테니까 도시코는 그런 일에 일일이 수고를 하지 않아도 된다. 그런 조건으로 방값도 싸게 해 줄 테니 그랬으면 좋겠다는 것이다. 요즘에는 거의 사흘 걸러 한 번씩 기

무라 씨가 와서 브랜디를 마시기 시작하여 쿠르부아지에는 이미 두 병째 비웠고, 그때마다 내가 욕실에서 쓰러지기 때문에 도시코도 넌덜머리가 났으리라. 또 심야에 부모 침실에서 가끔씩 휘황하게 전등이 켜지거나 형광등 램프가 빛나는 것을 알아차리고 이상하게 생각했음에 틀림없다. 다만 정말 이유가 그것뿐인지, 그 외에 우리들에게 숨기는 다른 이유가 더 있어서 별거를 원하는 것인지, 그 점은 뭐라 말할 수 없다. 나는 '아버지가 뭐라 하실지 네가 직접 여쭤보렴. 아버지가 좋다고 하시면 반대는 하지 않을게.'라고 대답했다…….

2월 14일

…… 기무라가 오늘 아내가 부엌에 가서 자리를 비운 사이 묘한 이야기를 했다. "미국에 폴라로이드라는 사진기가 있는데 알고 계십니까?"라는 것이었다. 그 사진기는 사진을 찍으면 바로 그 자리에서 현상을 할 수 있다. 텔레비전으로 씨름을 실사한 후에 아나운서가 씨름 기술에 대해 해설할 때 결정적인 상황이 바로 스틸 사진으로 찍혀 나오는 것은 폴라로이드를 사용한 것이다. 조작은 매우 간단하여 보통 사진기와 다름없으며, 휴대하기에도 편리하다. 스트로보(strobo)[3] 플래시를 사용하면 노출 시간이 길 필요도 없기 때문에 삼각대를 사용하지 않고 찍을 수 있다. 현재는 드물게 호사가들만 사용할 뿐 일반에게는 보급되지 않았다. 보통 명함판 배판의 롤필름에 인화지가 겹쳐진 형태인데, 일

3 사진 촬영에 사용하는 광도가 높은 섬광 전구.

본에서는 쉽게 손에 넣을 수 없고 일일이 미국에서 주문한다. 그런데 기무라의 친구 중에 그 기계와 필름을 가지고 있는 사람이 있다는 것이다. 기무라는 "필요하시다면 빌려다 드릴 수 있습니다."라고 했다. 그 말을 듣고 바로 한 가지 착상을 했다. 그러나 그런 기계가 있다는 것을 가르쳐 주면 내가 기뻐하리라는 사실을 기무라는 어떻게 안 것인지 그 점이 신기하다. 그가 용케도 우리 부부 사이의 비밀을 알고 있다고 생각하지 않을 수 없다…….

2월 16일

…… 방금 전 오후 4시 무렵 좀 걱정되는 일이 있었다. 나는 일기장을 탯줄과 오래된 부모님의 편지 등이 쌓여 있는 거실 붙박이장 서랍(나 이외에는 사용하지 않는, 아무도 손대는 일이 없는 서랍)의 맨 아래에 집어넣고, 가급적 남편이 외출하고 없는 틈을 타서 쓰고 있는데, 잊어버리기 전에 써 두고 싶은 일도 있고 갑자기 쓰고 싶은 충동이 이는 일도 있기 때문에 남편이 외출할 때까지 기다리지 못하고 그가 서재에 틀어박혀 있을 때에 쓰는 경우도 있다. 서재는 이 거실 바로 위에 있기 때문에 소리가 들리지는 않지만 남편이 지금 무엇을 하는지, 책을 보는지 글을 쓰는지, 일기를 쓰고 있는지, 아니면 멍하니 공상을 하는지 등을 대충은 알 수 있는데, 그건 아마 남편도 마찬가지일 터다. 서재는 항상 쥐 죽은 듯 조용하다. 그런데 가끔씩 남편이 갑자기 숨죽이고 아래층 거실에 주의를 기울이기 시작하는 듯한, 특별히 쥐 죽은 듯이 고요해지는 — 듯한 — 어떤 순간이 있다. 내가 2층을 의식하면서 일기장을 몰래 꺼내 붓을 움직이고 있을 때면 그

런 순간이 자주 찾아오는데 내 기분 탓만은 아닐 것이다. 나는 소리를 내지 않으려고 서양 용지에 펜으로 글씨를 쓰는 것을 피하고, 이렇게 부드럽고 얇은 닥나무 종이를 반으로 접어 재래식으로 철한 소형 장부에 붓으로 글씨를 작게 적는데, 방금 전엔 쓰는 데 너무 열중한 나머지 나로서는 유례없이, 정말이지 딱 1~2초 정도 2층에 대한 주의를 게을리했다. 그러자 그때 고의인지 우연인지 남편이 소리도 없이 화장실에 내려와서 거실 앞을 쓱 지나 볼일을 보고 나서는 바로 다시 2층으로 올라갔다. '소리도 없이'라는 말은 내가 주관적으로 그렇게 느꼈기 때문인데, 남편은 아마 용변을 보는 일 외에 다른 뜻은 없었을 것이다. 남편으로서는 발소리를 죽인 것이 아니라 평소와 똑같은 걸음걸이로 계단을 내려왔을 터인데, 우연히 내가 주의를 게을리했기 때문에 들을 수 있었을 소리를 듣지 못했던 것일 게다. 어쨌든 나는 남편이 계단을 다 내려와서야 발소리를 알아차렸다. 나는 식탁에 기대서 일기를 쓰고 있었는데 당황하여 일기장과 휴대용 붓통(나는 이런 경우를 대비해 벼루를 사용하지 않고 붓과 먹물이 하나로 되어 있는 휴대용 붓통을 사용한다. 그것은 아버지의 유품인데, 당목(唐木)으로 만들어 중국제 분위기가 나는, 골동품 가치가 있는 붓통이다.)을 식탁 아래에 감추었기 때문에 현장을 들키지 않고 넘어갔지만, 허둥지둥 장부를 숨기면서 닥나무 종이를 구겼기 때문에 어쩌면 그 종이 특유의 바스락거리는 소리가 들리지 않았나 싶다. 아니 들렸음에 틀림없고, 그렇다면 내가 그것을 무슨 목적으로 사용했는지를 추측하여 알지 않았나 싶다. 나는 앞으로 조심해야 한다. 남편이 일기의 존재를 눈치챘다면 어떡하지? 지금에 와서 감추는 장소를 바꿔 봤자 이 좁은 실내 어디에 감춘다 한들 발견하지 못할 리가 없다. 유일한 방법은 남편이 집에 있는 동안엔 나도 가급적 집을 비우지 않는 것이다. 나는 요즘 계속해서 머리가 무겁기 때문에 예전처럼 빈번하게 외출하는 일도 없고 니시키에[4] 구매도 대개는 도시코나 할멈에게 맡겨 두었는데, 실은 며칠 전부터 기무라 씨가 아사히 회관에서 「적과 흑」을 상영하고 있으니 보러 가지 않겠느냐고 권유해 왔다. 가고 싶기는 하지만, 그 전에 뭔가 대비책을 강구해 둘 필요가 있다. ……

2월 18일

…… 어젯밤으로 아내의 '기무라 씨'라는 말을 들은 횟수가 네 번에 이르렀다. 이제 그 잠꼬대는 잠꼬대를 가장한 것임을 의심할 여지가 없게 되었다. 그렇다면 무슨 목적으로 그런 짓을 하는 것일까? '저는 정말로 자고 있는 게 아니에요. 자고 있는 척하는 거예요.'라는 사실을 알리는 것이라고 해도, 그것은 '저는 애써 상대를 당신이라고 생각하지 않아요. 기무라 씨라고 생각하고 있어요. 그렇게 하지 않으면 감흥이 나지 않으니까, 결국 그게 당신을 위하는 거예요.'라는 의미인 것일까? 아니면 '이것도 역시 당신의 질투심을 유발해서 자극을 주려는 수단이에요. 저는 어떤 경우에도 항상 남편에게 충실한 아내일 따름이에요.'라는 의미인 것일까? ……

…… 드디어 도시코가 별거를 결행하여 오늘 마담 오카다(岡田)의 집으로 이사를 갔다. 목욕탕과 사랑채를 복도로 연결하고 피아노를 놓을 바닥에 벽돌을 까는 공사는 대

4 풍속화를 색도 인쇄한 목판화.

략 끝이 났다. 이쿠코는 어제 전화 연결 공사가 아직 안 끝났기도 하고, 오늘은 대흉일이라고 하니 대길일인 21일까지 기다리라고 했지만 도시코는 개의치 않고 나갔다. 피아노만은 운반 스케줄상 2~3일 늦추어졌지만 다른 짐은 기무라가 거들러 와서 거의 다 옮겼다. (만 하루도 안 돼서 언제나 그렇듯이 이쿠코는 오늘 아침에도 또 여전히 혼수상태로 있었다. 저녁이 다 되어서야 겨우 일어났기 때문에 이사는 거들지 않아도 되었다.) 장소는 다나카세키덴초(田中關田町)이므로 여기서 걸어서 5~6분 정도 되는 곳이다. 기무라가 세 들어 사는 곳도 햐쿠만벤(百萬遍) 근처 다나카몬젠초(田中門前町)이므로 이쪽은 세키덴초에서 더 가깝다. 기무라는 계단 중간쯤에서 "좀 어떠세요."라며 인사를 하고 올라와서 서재에 들어와 "약속드린 물건을 가지고 왔습니다."라며 폴라로이드를 놓고 갔다.

2월 19일

…… 나는 도시코의 심리 상태를 파악할 수가 없다. 엄마를 사랑하는 것 같기도 하고 증오하는 것 같기도 하다. 하지만 적어도 도시코가 아버지를 증오하는 것은 틀림없다. 그녀는 부모의 규방 관계를 오해하여 천성적으로 음탕한 체질의 소유자는 아버지이고 엄마는 그렇지 않다고 생각하는 것 같다. 엄마는 태어날 때부터 섬세하고 연약한 성질로 과도한 방사를 견딜 수 없는데도 아버지가 억지로 무리한 짓을 시키며 상궤를 벗어난, 상당히 이상하고 야한 유희에 탐닉하기 때문에 엄마는 마음에도 없이 거기에 질질 끌려다닌다고 생각하는 것 같다. (솔직히 말하자면 내가 그렇게 생각하도록 만든 것이

다.) 어제 마지막 짐을 챙기러 온 도시코는 안방에 인사를 하러 왔을 때 "엄마는 아버지 때문에 제명에 못 살 거예요."라는 경고만 한마디 내뱉고 가 버렸다. 나하고 비슷한 침묵주의자인 그녀로서는 드문 일이었다. 도시코는 내 흉부 질환이 이런 일로 악화되어 심각해지지 않을까 하고 몰래 걱정하는 것 같기도 하다. 그리고 그 때문에 아버지를 미워하는 것 같기도 했다. 하지만 내게는 그 경고의 말투가 묘하게 심술궂고 독기와 조소가 섞인 것으로 들렸다. 엄마를 걱정하는 딸 입장에서 따뜻한 마음으로 경고하는 것으로는 받아들여지지 않았다. 도시코의 마음속 깊은 곳에는 자기가 엄마보다 이십 년이나 젊은데도 용모와 자태 면에서 엄마보다 열등하다는 콤플렉스가 있는 게 아닌가 싶다. 그녀는 처음부터 기무라 씨는 싫다고 했는데, 엄마 — 제임스 스튜어트 — 기무라 씨 — 라는 식으로 필요 이상의 억측을 하여 더욱더 그를 싫어하는 것처럼 꾸미고 있는 듯한데, 본심은 반대가 아닌가 싶다. 그리고 속으로 내게 적의를 품고 있는 것은 아닐까? ……

…… 나는 될 수 있는 한 집을 비우지 않으려고 하고 있지만 언제 어떤 사정으로 외출할 필요가 생길지 모르고, 남편도 수업 중이어야 할 시각에 갑자기 귀가하는 일이 없다고는 할 수 없으므로 일기장을 어떻게 처치해야 할지 이리저리 생각해 보았다. 숨겨도 소용없다면 최소한 내가 집에 없을 때 남편이 그 내용을 몰래 훔쳐보는지 어떤지를 확인할 방법만은 강구해 두고 싶다. 적어도 남편이 나 몰래 내 일기장을 들춰 보는지 어떤지 알 수 있다면 알고 싶다. 나는 뭔가 일기장에 표시를 해 둘 것이다. 남편이 나 몰래 속을 들여다봤는지 아닌지 보면 알 수 있도록. 그 표시는 나만 알 수 있고 그이는 모르는 것이면 더 좋으리라. — 아니 그이도 아는 편이 더 좋

을지도 모른다. 그이가 몰래 훔쳐보는 것을 아내가 눈치챘다는 사실을 안다면 이후에 몰래 훔쳐보는 일을 삼가지 않을까. (어쩐지 괴상하기는 하지만 말이다.) — 하지만 어찌 되었든 간에 그런 표시를 생각해 내는 것은 쉽지가 않다. 한 번은 성공할지 모르겠지만, 번번이 같은 방법을 사용한다면 허를 찔릴 염려가 있다. 예를 들어 이쑤시개를 끼워 두어서 펼치면 뚝 떨어지게 해 둔다. 한 번은 성공하겠지만, 다음부터 남편은 이쑤시개를 떨어뜨리지 않게 다루고 그것이 몇 페이지에 끼어 있었는지 확인해서 원래대로 되돌려 놓을 것이다. (남편은 그런 점에서 정말이지 음험하다.) 그렇다고 해서 매번 새로운 방법을 생각해 내는 것은 불가능에 가깝다. 나는 여러 가지로 궁리하여 시험 삼아 셀로판테이프 600번을 적당한 길이(재 보니 5.3센티미터였다.)로 잘라 일기장 겉표지 한곳에 붙여 겉장과 속장 사이를 봉해 보았다. (그 위치는 위에서 8.2센티미터, 아래에서 7.5센티미터 지점이었는데, 테이프 길이나 붙이는 위치는 그때마다 조금씩 바꿀 필요가 있다.) 그렇게 하면 내용을 읽기 위해서는 일단 테이프를 한 번 떼어야만 한다. 한 번 뗐다가 새 테이프를 같은 길이로 잘라 정확히 같은 위치에 다시 붙이는 일은, 물론 이론상 할 수 없는 것은 아니지만 실제로는 매우 번거롭고 귀찮아서 할 짓이 못 된다. 게다가 테이프를 떼어 낼 때 아무리 주의 깊게 조심을 해도 주위에 떼어 낸 흔적이 남는다. 다행히도 내 일기장 표지는 보푸라기가 일기 쉬운, 봉서(封書)에 풀을 바른 종이이기 때문에 테이프를 떼면 군데군데 2~3밀리미터 정도 흔적이 생긴다. 이 방법을 사용하면 남편은 절대로 흔적을 남기지 않고 내용을 읽을 수는 없다. ……

2월 24일

…… 도시코가 별거를 하고 난 이래로 기무라는 표면적으로는 놀러 올 구실이 없어졌지만, 여전히 2~3일 걸러 한 번씩 온다. 내가 전화를 하기도 한다. (도시코도 하루에 한 번은 얼굴을 보이는데 오래가지는 못할 것이다.) 폴라로이드는 이미 이틀 밤 사용했다. 사진은 나체가 된 전신의 정면과 뒷면, 각 부분의 상세도(詳細圖), 그리고 사지를 이리 굽혔다 저리 굽혔다, 접었다 폈다 하며 가장 고혹적인 각도에서 찍은 것들이었다. 내가 이것들을 찍은 목적이 어디에 있는가 하면, 첫째는 사진을 찍는 것 자체에 흥미를 느꼈기 때문이다. 자고 있는 (혹은 자는 척하는) 여체를 마음대로 움직여서 여러 가지 자세를 만드는 데 희열을 느꼈다. 두 번째 목적은 이것들을 내 일기장에 붙여 두려는 것이다. 그렇게 하면 아내는 틀림없이 이들 사진을 볼 것이다. 그러면 그녀는 지금까지 알지 못했던 자신의 아름다운 자태를 발견하고는 놀랄 것이 분명하다. 세 번째 목적은 그로 인해 아내도 내가 왜 자신의 나체를 보고 싶어 하는지 이유를 알게 되고 나에게 공감 — 오히려 감격할지도 모르기 때문이다. (올해 56세인 남편이 45세인 아내의 나체를 이렇게나 동경한다는 것은 희유의 일이다. 그것을 생각해 보길 바란다.) 네 번째 목적은 아내를 극도로 수치스럽게 하여 그녀가 언제까지 모르는 척하고 있을 수 있는지를 확인시켜 주고 싶은 것이다. 이 사진기는 렌즈가 어둡고 렌즈 파인더가 없어 눈대중으로 찍어야만 해서 나 같은 미숙한 사람이 찍으면 초점이 흐려지기 일쑤다. 게

다가 최근에는 감광도가 매우 뛰어난 폴라로이드용 필름이 나왔는데 기무라가 가지고 온 것은 유효 기간이 지난 헌 필름이기 때문에 좋은 결과가 나올 리 없다. 일일이 플래시를 사용해야 하는 것도 번거롭고 불편하다. 이 기계로는 첫 번째와 네 번째 목적을 만족시키는 데 불과하여 일기장에 붙이는 것은 미루고 있다. ……

2월 27일

…… 일요일인데도 기무라 씨가 아침 9시 반에 「적과 흑」을 보러 가지 않겠느냐며 찾아왔다. 지금은 대학 입시생들이 입학시험 준비에 쫓기고 있기 때문에 교사들도 꽤 바쁘다. 3월이 되면 오히려 어느 정도 한가해지겠지만, 이번 달은 일주일에 몇 번은 학교에 남아 보충 수업을 해 주어야만 한다. 심지어 다른 학교의 학생들까지 지도를 받고자 기무라 씨의 집으로 찾아오기도 했다. 기무라 씨는 감이 좋아서 문제를 예측하는 데는 가히 명인급이라, 기무라 씨가 생각한 곳은 시험에 꼭 나온다고 한다. 기무라 씨가 감이 좋다는 것은 나도 알 것 같은 느낌이다. 학문에 관해서는 어떤지 모르겠지만, 감이라는 면에서 내 남편은 기무라 씨의 발뒤꿈치도 못 따라간다. …… 그런 까닭에 이번 달은 월요일 한 번만 시간이 된다고 하는데, 일요일에는 남편이 아침부터 집에 있기 때문에 내가 외출을 하기에는 사정이 좋지 않다. 기무라 씨가 오다가 도시코에게도 들러 같이 가자고 했기 때문에 도시코도 같이 가겠다며 뒤따라왔다. '나는 같이 가고 싶지 않지만, 둘이서만 가면 어색할 테니까 엄마를 위해서 희생하는 셈 치고 같이 가 주겠어요.'라는 표정을 하고 있다. "일요일에

는 아침 일찍 가지 않으면 자리가 없어서요."라고 기무라 씨가 말한다. "나는 하루 종일 집에 있겠소. 상관하지 말고 다녀오구려. 「적과 흑」을 보고 싶다고 하지 않았소?"라고 남편이 곁에서 자꾸 권한다. 남편이 권하는 이유는 알겠지만, 이런 경우를 대비해서도 생각해 둔 것이 있기 때문에 셋이서 가기로 했다. 10시 반에 입장하여 오후 1시 지나서 퇴장. 점심 식사를 하러 들르라고 했지만 두 사람 모두 하숙집으로 돌아갔다. 남편은 하루 종일 집에 있었다고 하면서 내가 돌아오자 3시 무렵부터 저녁때까지 산책을 하러 나가서 돌아오지 않았다. 나는 남편이 집을 비우자 재빨리 일기장을 꺼내 보았다. 셀로판테이프는 대충 원래 자리에 붙어 있었다. 표지도 얼핏 보기엔 뜯겨진 자국이 없었다. 하지만 확대경을 가지고 보니 희미하게 두세 군데 자국이 난 것(어지간히 주의를 기울여 뗀 것 같다.)을 감출 수는 없었다. 나는 만약을 위해 테이프 외에 내부에도 몇 페이지인지를 확인하여 이쑤시개를 끼워 두었는데 그것도 전과는 다른 장소에 있었다. 이제 남편이 이 일기장을 훔쳐보고 있음은 의심할 여지가 없다. 그러면 나는 앞으로 일기를 계속해서 써야 하는 것일까, 그만두어야 하는 것일까? 나는 마음속 생각을 다른 사람에게 이야기하는 것을 원하지 않아서 자신에게만 들려줄 목적으로 일기를 쓰기 시작했는데, 남에게 읽히는 것이 명백해진 이상 중지해야 할 것으로 여겨진다. 하지만 다른 사람이라는 것이 남편이고 표면적으로는 어디까지나 서로 보지 않는 것이니 역시 계속 쓰는 편이 마땅하다는 생각이 든다. 즉 이제부터는 이런 간접적인 방법으로 남편에게 이야기하는 것이다. 직접적으로는 부끄러워서 이야기할 수 없는 것도 이런 방법이라면 얘기할 수 있다. 그러나 몰래 읽는 것은 어쩔 수 없다고 하더라도 절대로 읽고 있다는 사실을 노골적으로 말하지 않았으면 좋겠다. 물론 그이는 읽고서도 읽지 않은 척할 테니까 그런 일에 단서를 달 필요는 없을지도 모른다. 어쨌든 나는 절대로 그이의 일기장을 읽고 있지 않는다는 사실을 믿어 주었으면 좋겠다. 내가 몹시 구식이라서 다른 사람의 수기를 훔쳐 읽는 짓을 할 수 있도록 자란 여자가 아니라는 사실은 누구보다도 남편이 잘 알고 있다. 나는 남편의 일기장이 어디 있는지 알고 때로는 그것에 몰래 손을 댄 적도 있으며 아주 가끔 속을 펼쳐 보는 일이 없지는 않지만, 내용은 한 글자도 읽은 적이 없다. 그것은 정말이다. ……

2월 27일

…… 역시 추측한 대로였다. 아내는 일기를 쓰고 있었던 것이다. 나는 오늘까지 일부러 그 사실을 일기에 쓰지 않았지만, 실은 며칠 전에 어렴풋이 알게 되었다. 며칠 전 오후 화장실에 내려가다 거실 앞을 지나갈 때 유리창 너머로 들여다보니 아내가 불안정한 자세로 식탁에 기대어 있었다. 그 전에 나는 닥나무 종이 같은 얇은 종이를 급하게 꼬깃꼬깃 꾸기는 소리를 들었다. 그것도 한두 장이 아니다. 아마 한 권으로 철한 어느 정도 두께가 있는 것을 황급하게 서둘러 방석 아래인지 어딘지에 밀어 넣어 숨기는 소리였다. 우리 집에서 닥나무 종이를 사용하는 일은 좀처럼 없다. 나는 아내가 부피를 차지하지 않고 소리가 나지 않는 그 종이를 무슨 용도로 사용하는지 바로 짐작할 수 있었다. 하지만 오늘까지는 그것을 확인할 기회가 없었는데, 그녀가 영화를 보러 나간 사이에 거실을 찾아보니 금방 찾아낼 수가 있

었다. 그런데 세상에, 놀랍게도 진작에 내가 눈치챌 것을 예상하고 셀로판테이프로 봉해 두었다. 멍청한 짓을 하는 여자다. 그녀의 의심벽에는 질렸다. 나는 마누라의 일기라고 해도 무단으로 읽는 짓을 하는 비열한은 아니다. 하지만 그만 심술이 나서 흔적을 남기지 않고 테이프를 떼어 낼 수 있는지를 시험해 보았다. 그녀에게 '테이프로는 안 돼지. 이렇게 해서는 다른 사람이 몰래 훔쳐 읽고 말걸. 다른 방법을 더 생각해 봐.'라고 주의를 주고 싶었다. 그러나 결과는 실패였다. 과연 그녀의 주도면밀함에는 손을 들었다. 내 나름으로는 상당히 주의 깊게 떼어 냈는데 표지에 흔적을 남기고 말았다. 결국 그것을 그녀 모르게 떼어 내는 일은 불가능함을 알았다. 틀림없이 테이프 길이까지 재 둔 것 같은데, 그만 테이프를 말아 버려서 길이를 알아낼 수가 없다. 눈대중으로 비슷한 치수의 테이프로 다시 봉해 두었다. 그녀가 눈치채지 못할 리가 없다. 그러나 미리 말해 두는데 나는 봉한 것을 떼기는 했지만 — 속을 펼쳐 보기는 했지만 내용은 한 글자도 읽지 않았다. 그렇게 작은 글씨로 쓴 것을 근시인 내가 읽기는 힘들다. 그것은 믿어 주었으면 한다. 물론 내가 읽지 않았다고 하면 할수록 반대로 '읽었다'고 생각하는 것이 그녀다. 읽지 않았어도 읽었다고 오해받을 거라면 차라리 읽어 버리는 편이 낫겠지만, 그래도 나는 결코 읽지 않았다. 실은 아내가 일기에 기무라에 대한 마음을 어떤 식으로 고백했는지 그것을 아는 것이 두렵다. 이쿠코여, 원하건대 일기에 그것은 쓰지 말아 주길. 몰래 읽지는 않겠지만 그렇다고 하더라도 사실대로 쓰지 말아 주었으면 하오. 거짓말이라도 기무라는 자극제로 이용하는 것에 불과하며 그 이상 아무것도 아니라고 해 주오. ……

오늘 아침 기무라가 이쿠코를 데리고 영화를 보러 가려고 온 것은 내가 부탁을 해 두었기 때문이다. 나는 "요즘 내가 집에 있을 때 아내가 외출하는 일이 드물다네. 볼일은 모두 할멈에게 시키고 있네. 아무래도 이상하다고 생각하는 것이 있어서 그러니 그녀를 데리고 나가서 두세 시간 보내다 와 주게."라고 했다. 도시코도 함께 따라간 것은 지금까지의 관례에 따른 것이지만 그래도 그녀의 심정을 생각하면 괴롭다. 도시코는 엄마를 닮았지만 엄마 이상으로 복잡한 구석이 있다. 생각건대 그녀는 대부분의 세상 아버지들과 달리 내가 그녀보다 자기 엄마를 열광적으로 사랑하는 데에 분노를 느끼고 있는 것이 아닐까? 만약 그렇다면 그것은 오해로, 나는 그녀들을 똑같이 사랑한다. 다만 사랑하는 방법이 전혀 다른 것이다. 어떤 아버지도 자기 딸을 열광적으로 사랑하지는 않는다. 그 사실을 언젠가 도시코에게 설명해 주어야만 한다. …… 오늘 밤에는 도시코가 별거를 하게 된 후 처음으로 넷이서 저녁상에 둘러앉았다. 도시코가 먼저 자리를 뜨고 아내는 브랜디를 마신 후 늘 하던 대로 했다. 밤늦게 기무라가 떠날 때 나는 폴라로이드를 돌려주었다. "귀찮게 현상하지 않아도 된다는 장점은 있지만, 플래시를 사용하는 게 번거롭기도 해서 역시 보통 기계로 찍는 것이 편하네. 집에 있는 차이스 이콘(Zeiss Ikon)을 사용해서 찍어 볼까 하네."라고 했더니 그는 "현상은 밖에 가서 하실 겁니까?"라고 물었다. 나는 그에 대해 여러 가지로 생각하다가 "자네 집에서 현상해 줄 수는 없나?"라고 했다. 그랬더니 기무라는 좀 난처한 표정을 짓고 "댁에서 현상하시는 것이 어떠신지요?"라고 한다. "자네는 내가 무슨 사진을 찍는지 알고 있을 테지?"라고 했더니, "잘 모르겠습니다." 하고 대답한다. "다른 사람이 보면 곤란한 사진인데, 내가 집에서 현상하는 것은 좀 난처하네. 확대도 하고 싶은데 집에는 암실을 만들 적당한 장소도 없다네. 지금 자네가 있는 하숙집에 만들 수는 없겠나? 자네만은 보게 돼도 할 수 없네." 라고 했더니 "장소가 없는 것은 아닙니다. 하숙집 주인에게 이야기해 보겠습니다."라고 한다. ……

2월 28일

…… 아침 8시, 아내가 아직 혼수상태에 있을 때 기무라가 찾아왔다. 등교 도중에 들른 것이라 한다. 나도 아직 침상에 있었지만 그의 목소리에 일어나서 거실로 들어가자, "선생님, 오케이입니다."라고 한다. 무슨 일인가 했더니 암실 이야기였다. 그의 하숙에서는 요즘 목욕탕을 사용하지 않기 때문에 욕실이 비어 있어서 사용해도 상관없고 그곳이라면 수돗물도 마음껏 사용할 수 있다고 한다. 즉시 알아봐 달라고 부탁했다…….

3월 3일

…… 기무라는 시험으로 바쁘다고 하면서도 나 이상으

로 열심이다. …… 어젯밤 나는 오랫동안 사용한 적이 없는 이콘을 꺼내 서른여섯 장의 필름을 하룻밤에 전부 찍어 버렸다. 기무라는 오늘 또 아무렇지도 않은 모습으로 찾아왔다. 그리고 "좀 어떠세요?"라며 서재에 들어와서 내 안색을 살피는 것이었다. 솔직히 말하자면 이 사진의 현상을 기무라에게 위촉해야 하나 말아야 하나, 그때까지도 여전히 결정하지 못하고 있던 참이었다. 기무라는 이쿠코의 벌거벗은 자태를 이미 몇 번이나 보았기 때문에, 다른 사람에게 위촉한다고 하면 그 외에는 없다. 하지만 그도 순간적으로 일부를 얼핏 본 것일 뿐 여러 각도에서 고혹적인 자세를 취하고 있는 아내의 모습을 본 적이 없다. 그러니 기무라에게 현상을 위촉하는 일은 그를 너무 자극하는 게 아닐까? 기무라가 거기서 적당히 멈춰 주면 좋겠지만 그 이상의 일이 일어날 염려가 있지는 않을까? 그렇게 되었을 때 도발한 사람이 다름 아닌 나라면, 나만 원망을 듣고 그에게는 책임이 없게 될 터다. 그런데 또 아내가 그 사진을 보게 되었을 경우에 대해서도 생각해 볼 필요가 있다. 우선 그녀는 남편이 자기 몰래 그런 사진을 찍고, 게다가 그것을 남에게 현상시킨 데에 화를 낼 것 — 어쩌면 화를 내는 시늉을 할 것이다. — 이 틀림없다. 그다음에 그녀는 자신의 부끄러운 모습을 기무라가 봐 버린 이상 — 더욱이 남편이 그것을 시킨 이상 자신은 기무라와 불의의 짓을 저질러도 된다고 남편에게 허락받은 것이나 마찬가지라고 여길지도 모른다. 거기까지 상상을 하자 인과응보 격으로 점점 더 견딜 수 없는 질투를 느끼고, 그 질투의 쾌감 때문에 억지로 위험을 무릅쓰고 싶어졌다. 나는 마음의 결심을 하고 기무라에게, "그러면 이것 현상 좀 부탁하네. 절대로 아무에게도 보여 주지 말고 모든 것을 자네가 직접 해 주게. 현상한 것을 일단 본 후에 그중에서 재미있는 것을 골라 명함판 배판으로 확대해 주게."라고 부탁했다. 기무라는 내심 몹시 흥분했음에 틀림없지만 애써 무표정한 척하며, "아, 예."라고 수락하고 떠났다. ……

3월 7일

…… 오늘도 또 서재 책장 앞에 열쇠가 떨어져 있었다. 올해 들어 두 번째다. 일전에는 정월 4일 아침이었다. 남편이 집을 비운 사이 청소를 하러 들어갔더니 수선화 꽃꽂이 앞에 떨어져 있었다. 오늘 아침에는 납매(臘梅)가 시든 것이 눈에 띄어 동백꽃으로 갈아 꽂으려고 갔더니 먼젓번과 같은 장소에 그 열쇠가 떨어져 있었다. 이것은 뭔가 사정이 있는 것이라 생각하여 서랍을 열고 남편의 일기장을 꺼내 보았다. 그랬더니, 맙소사. 나하고 똑같이 테이프로 봉해 놓았다. 이것은 남편이 꼭 열어 보라고 역으로 말하고 있는 바다. 남편의 일기장은 학생들이 보통 사용하는 노트로, 표지가 매끈하고 두꺼운 서양 종이라서 내 것보다는 떼기가 수월해 보였다. 나는 오로지 그 테이프의 흔적을 남기지 않고 솜씨 좋게 떼어 낼 수 있는지 시험해 보고 싶은 호기심 하나로 마음이 동해 — 정말 단지 그 호기심만으로 — 떼어 보았다. 그런데 아무리 교묘하게 떼어도 역시 희미하게나마 흔적이 남는다. 그런 매끈매끈하고 딱딱한 종이라도 아무렴 약간은 흔적이 남는다. 테이프가 붙었던 곳에만 형태가 남는 것이라면 괜찮겠지만 떼는 순간에 주위에 흔적이 퍼져 누군가 펼쳐 보았

다는 사실을 감출 수가 없었다. 새 테이프를 다시 붙여 두었지만, 남편은 그것을 눈치채고 내가 몰래 읽었다고 생각할 것이 뻔하다. 그러나 몇 번이고 말했듯이 내용은 한 글자도 읽지 않았음을 신을 두고 맹세한다. 내가 외설을 듣는 것을 싫어하기 때문에 그런 식으로 말을 걸고 싶은 것이 남편의 본심일지도 모르겠지만, 그렇기 때문에 더욱더 읽는 것이 꺼림칙하고 혐오스럽다는 생각마저 든다. 나는 남편의 일기장을 서둘러 휙휙 넘겨 보며 일기의 분량이 어느 정도 되는지 계산해 보았다. 물론 그것도 호기심 때문이다. 나는 몹시 작고 신경질적으로 휘갈겨 쓴 펜글씨로 가득 찬 페이지들을, 개미가 기어다니는 것을 보는 것처럼 흘끗 보았을 뿐 곧 덮어 버렸다. 하지만 오늘은 일기장에 외설스러운 사진이 몇 장이나 붙어 있는 것을 발견했다. 나는 당황하여 눈을 감고 평소보다 더 서둘러 노트를 덮었다. 대체 그것은 무엇이었을까? 그런 사진을 어디서 가지고 와서 무슨 목적으로 붙여 둔 것일까? …… 내게 보여 줄 목적은 아니었을까? 대체 그 사진 속의 주인공은 누구라는 말인가? 갑자기 몹시 꺼림칙한 어떤 상상이 펼쳐졌다. 요즘 한밤중 꿈속에서 가끔씩 실내가 갑자기 환하게 밝아지는 느낌이 든 적이 한두 번 있었다. 당시 누군가가 플래시를 사용하여 나를 촬영하는 듯한 환영을 보았다고 생각했다. 그 '누군가'가 남편인 것 같기도 하고 기무라 씨인 것 같기도 했다. 그러나 지금 생각해 보니, 그것은 꿈이나 환상이 아니었는지도 모른다. 사실 남편이 — 설마 기무라 씨일 리는 없다. — 나를 찍은 것인지도 모른다. 그러고 보니 언젠가 "당신은 자신의 몸이 얼마나 훌륭하고 아름다운지 몰라. 사진으로 찍어서 한번 보여 주고 싶어."라고 한 사실이 떠올랐다. 그렇다. 필시 그 사진은 내 사진이다…….

…… 나는 때때로 혼수상태에서 알몸이 되어 있음을 어렴풋이

느낀다. 지금까지는 그것도 내 망상이 아닐까 하고 생각했지만, 만약 그 사진이 나라고 한다면 역시 사실이었던 것이다. 그러나 의식이 있을 때라면 용납할 수 없겠지만 나도 모르는 사이에 찍힌 것이라면 허락해도 괜찮다고 생각한다. 한심한 취미이기는 하지만 남편은 나의 나체를 보는 것을 좋아하니까 최소한 남편에게 충실한 아내의 도리로서 모르는 사이에 알몸이 되는 일쯤은 참아야 한다고 생각한다. 봉건 시대의 정숙한 아내라면 남편의 명령에 복종하는 것이 의무이니, 아무리 꺼림칙하고 징그러운 일이라도 기꺼이 명령에 따랐을 것이며 따라야만 했을 터다. 하물며 남편이 그런 미치광이 같은 유희로 자극을 받지 않으면 나를 만족시키는 행위를 할 수 없다고 한다면 더욱 그렇다. 나는 의무를 수행하는 것만이 아니다. 정숙하고 유순한 아내가 되는 대가로 한없이 왕성한 나의 음욕을 충족시키고 있는 것이다. 그런데 남편은 왜 나를 나체로 만드는 데에 만족하지 않고 사진까지 찍어서, 무려 확대하여 일기장에 붙여 놓은 것일까? 어쩌면 나에게 보여 줄 목적인 걸까? 내 마음속에 극도의 음란함과 극도로 부끄러움을 타는 성격이 동거하고 있음을 가장 잘 아는 남편이 아닌가? 그리고 또 남편은 그 사진 확대를 누구에게 의뢰한 것일까? 다른 사람의 눈에 띄게 하면서까지 그런 짓을 할 필요가 있었을까? 그것은 단순한 장난일까, 아니면 뭔가 의미가 있는 것일까. 언제나 나의 '고상한 취미'를 조롱하는 남편으로서 쓸데없이 부끄럼을 타는 내 버릇을 교정해 주려고 그런 것일까? ……

3월 10일

…… 이런 일을 여기에 적어도 될는지, 아내가 이것을

읽었을 경우 어떤 결과를 가져올지 의문이지만, 고백하자면 나는 요 며칠 전부터 심신에 일종의 이상이 일어나고 있는 — 것 같은 기분이 든다. '기분이 든다.'라고 한 것은 그것이 그다지 대수롭지 않은 노이로제 같기 때문이다. 본래 나는 그 방면의 정력이라면 보통 사람에 비해 떨어지지는 않았다. 하지만 중년 이후 상궤를 벗어난 아내의 왕성한 요구에 응할 필요가 있었기 때문에 조기에 정력을 소진하여 요즘에는 그 방면의 욕망이 몹시 미약해져 버렸다. 아니, 욕망은 강하지만 그것을 뒷받침할 체력이 부족하다고 하는 편이 맞다. 그래서 여러 가지 부자연스럽고 무리한 방법으로 감정에 자극을 주어 겨우 병적으로 절륜(絶倫)한 아내에게 대항하고 있는 처지인데, 이것이 과연 언제까지 계속될 수 있을지 때때로 두려워진다. 최근 십 년 정도는 늘 아내의 공격에 압도당하던 무기력한 남편이었지만 최근의 나는 그렇지도 않다. 올해 들어서 갑자기 기무라라는 자극제를 이용하는 것을 배우고, 브랜디라는 묘약을 발견한 덕에 현재는 스스로도 신기할 정도로 왕성한 욕망에 불타고 있다. 게다가 정력을 보급하기 위해 소마(相馬) 박사에게 상담하여 약 한 달에 한 번 남성 호르몬 주사를 맞고 있는데, 그것만으로는 아직 부족한 느낌이 들어 뇌하수체 전엽 호르몬을 500 단위 주사로 3~4일 걸러 맞고 있다. (이것은 소마 씨에게는 비밀로 하고 내가 직접 주사를 놓고 있다.) 그러나 내가 왕성한 상태를 유지할 수 있는 것은 약제 효과보다 정신적 흥분 때문임에 틀림없다. 질투가 불러오는 격한 정열, 아내의 전라를 마음껏 봄으로써 가속도가 붙어 촉진되는 성적 충동, 그런 것들이 나를 그칠 줄 모르는 광기로 이끌고 있다. 지금은 아내보다 내가 훨씬 더 음탕한 남자가 되었다. 나는 밤이면 밤마다 일찍이 꿈에도 상상하지 못했던 법열경에 빠져 있으며 그 행복에 감사하지 않을 수 없지만, 동시에 또 이런 행복이 언제까지고 계속될 리는 없다고 생각한다. 언젠가는 보복이 뒤따를 것이며 스스로 시시각각 생명을 깎아 먹고 있다는 불길한 예감도 든다. 아니, 실제로 그 보복의 전조로 여겨지는 현상이 정신과 육체 양 방면에서 이미 두세 가지 이상 발생하고 있음을 느낀다. 지난주 월요일 아침 기무라가 등교 중이라며 들른 날 아침이었다. 기무라가 왔기 때문에 침대에서 일어나 거실에 가려고 했는데 그때 기괴한 일이 일어났다. 일어선 순간 그 주변에 있던 모든 물건들이, 스토브 굴뚝, 장지문, 미닫이문, 천장과 미닫이문 사이의 창문, 기둥 등의 선들이 희미하게 이중으로 보였다. 이제 나이가 나이인 만큼 시야가 흐려졌나 생각하며 열심히 눈을 비벼 보았지만, 그렇지 않은 것 같았다. 시각에 뭔가 이상한 변화가 일어난 것 같았다. 전에도 여름이 되면 뇌빈혈을 일으켜 가벼운 현기증이 나는 일은 가끔씩 있었지만, 그런 것과는 분명히 달랐다. 현기증이라면 대개 2~3분이면 평상시로 돌아오지만, 시간이 아무리 지나도 사물이 이중으로 보이는 것이었다. 장지문 살, 화장실과 욕실 타일의 이음매, 그것들이 모두 이중으로 보이고 또한 조금씩 일그러져 보였다. 그 겹쳐진 정도나 일그러진 정도는 지극히 미미해서 동작에 불편을 느낄 정도는 아니었고 다른 사람이 눈치챌 정도도 아니었기 때문에 오늘까지 그냥 있었는데, 그날부터 지금까지 죽 그 상태가 계속되고 있다. 불편함이나 고통은 없지만 왠지 불쾌한 느낌이 드는 것은 부정할 수 없다. 안과에 가서 진찰을 받아야겠다고 생각했지만, 단순히 눈의 이상만이 아니고 더 치명적인 곳에 병의 원인이 있는 느낌이 들어 병원에 가는 일이 두렵기도 하다. 게다가 아마 반 이상 신경 탓이려니 싶지만, 때때로 몸이 갑자기 휘청휘청하며 평형을 잃고 한쪽으로 쓰러질 뻔한 일도 있다. 평형 감각을 관장하는 신경이 어디를 지나는지 모르겠지만 항상 후두부 부근, 척수 바로 윗부분에 공동(空洞)이 생긴 것 같은 느낌이 들고 그곳을 중심으로 몸이 한쪽으로 기울어진다. 이런 일들을 노이로제 증상이라고 생각할 수도 있겠지만 어제 또 이상한 일이 일어났다. 오후 3시 무렵, 기무라에게 전화를 걸려고 하는데 매일 걸던 그의 학교 전화번호를 아무리 해도 기억해 낼 수가 없었다. 깜빡깜빡하는 일은 있지만 그런 건망증과는 달리 완전한 기억 상실처럼 떠오르지 않았다. 국번(局番)도, 국명(局名)도 모두 기억할 수 없었다. 나는 놀랍기도 하고 당황스럽기도 했다. 시험 삼아 그 학교 이름을 기억하려고 해 봤지만 그것도 소용없었다. 가장 놀란 것은 기무라의 성도 기억나지 않았다는 점이다. 집에서 고용한 할멈의 이름도 기억나지 않았다. 내 아내의 이름이 이쿠코이고, 딸의 이름이 도시코라는 사실만은 겨우 잊지 않았지만 돌아가신 장인의 이름, 어머니의 이름은 기억나지 않았다. 도시코가 방을 빌려 사는 집의 주인도 일본인 남편을 둔 프랑스 부인이고, 도시샤 대학의 불어 교사라는 사실은 알았지만, 아무리 해도 이름은 기억나지 않았다. 더 심한 것은 이

집의 소재지인 마을 이름이 — 사쿄 구(左京區)라는 것까지는 알겠는데 요시다우시노미야초(吉田牛の宮町)라는 이름이 기억나지 않았다. 나는 내심 굉장한 불안감에 휩싸였다. 만약 이 상태가 지속되고 또한 그 정도가 점차 심해진다면, 나는 대학 교수직을 유지할 수 없게 되지 않을까? 그뿐만 아니라 혼자서 외출하거나 사람들을 응대할 수도 없게 되고, 결국 폐인이 되어 버리지는 않을까? 다만 현재로서는 기억 상실이라고 해도 기억하지 못하는 것은 주로 사람의 이름이나 지명이지, 어떤 사항을 잊는 것은 아니다. 그 프랑스인의 이름은 기억하지 못해도 그런 프랑스인이 있다는 사실과 그 집에 도시코가 방을 한 칸 빌렸다는 사실은 알고 있다. 즉 머릿속의 인물이나 사물의 명칭을 전달하는 신경이 마비되었을 뿐 지각이나 전달을 관장하는 조직 전부가 마비된 것은 아니다. 다행히 그 마비 상태에 있던 기간은 20~30분 정도로 잠시 후 차단되어 있던 신경 통로가 복구되어 잃어버린 기억이 되돌아와서 모든 것이 평상시대로 되었다. 그동안 이 일이 과연 언제까지 계속될지 모른다는 불안감을 몰래 참으며 아무에게도 이야기하지 않고 정신적으로 피로해지는 일도 없이 지냈지만 — 그 이후 아무 일 없이 무사히 지나왔지만, 언제 어느 때 다시 그런 사태가 엄습해 올지 모른다는 불안감 — 그런 상태가 20~30분이 아니라 하루나 이틀씩, 일 년이나 이 년씩, 어쩌면 평생 계속되는 일이 있을지도 모른다는 불안감은 지금도 여전히 사라지지 않았다. 아내가 이것을 읽는다면 어떤 태도로 나올까? 장래를 생각하여 앞으로의 행동에 어느 정도 제어를 가할까? 내가 추측

하기로는 아마 그런 일은 없을 것이다. 그녀의 이성은 제어를 명해도 지칠 줄 모르는 육체는 이성의 말에 귀 기울이지 않고 나를 파멸로 몰아넣으면서라도 만족을 추구해 마지않을 것이다. '무슨 소리야. 남편이 요즘 꽤 잘하고 있다고 생각했더니 결국은 견디지 못하고 항복을 하네. 공격의 기세를 좀 늦추게 하려고 그런 위협을 하는 거지.'라는 정도로 생각할지도 모르겠다. 아니, 그 무엇보다도 지금으로서는 내가 스스로를 제어할 수 없는 상태가 되었다. 나는 원래 병에 대해 대담한 편은 아니라 굉장히 겁이 많은데, 이번 일에 관해서는 56세인 오늘날에 이르러서야 비로소 삶의 보람을 발견한 심정으로, 어떤 면에서는 그녀 이상으로 적극적이고 저돌적이 되었다. ……

3월 14일

…… 오전 중, 남편이 집을 비운 사이 도시코가 와서 "엄마, 할 얘기가 있어요."라고 했다. 뭔가 진지한 표정을 하고 있다. 무슨 이야기냐고 물었더니 "어제 기무라 씨 집에서 사진을 봤어요."라고 하며 내 눈을 빤히 쳐다보았다. 그 말을 듣고서도 무슨 말인지 알 수가 없어서 되물으니 "엄마, 나는 어떤 경우에도 엄마 편이에요. 사실을 얘기해 줘요."라고 한다. 어제 기무라 씨에게 프랑스어 책을 빌리기로 약속이 되어 있었기 때문에 지나는 길에 들렀다. 기무라 씨는 집에 없었지만 들어가서 서가에 꽂힌 그 책을 뽑아 들었더니 그 안에 명함판 배판 사진 몇 장이 들어 있었다. — "엄마, 그게 도대체 무슨 뜻이에요?"라고 하는 것이었다. "무슨 일인지 모르겠어."라고 하니,

“왜 내게 숨기는 거예요?”라고 한다. 나는 아마 그 사진이라는 것이 일전에 남편의 일기장에 붙어 있던 것과 같은 것이리라고, 역시 상상한 대로 나의 한심한 모습을 찍은 것이리라는 점까지는 짐작을 했다. 하지만 갑자기 도시코에게 뭐라 설명해야 할지 대답이 생각나지 않았다. 도시코가 실제 사실보다, 훨씬 더 악질적이고 상당히 심각한 사건이 감춰져 있는 것으로 생각하고 있음은 추측할 수 있었다. 아마 도시코는 그 사진이 나와 기무라 씨 사이에 불륜 관계가 존재한다는 증거나 마찬가지라고 이해하고 있을 터다. 남편과 기무라 씨를 위해, 또 나 자신을 위해 바로 해명을 하는 수고를 해야 했지만 사실을 있는 그대로 이야기해도 도시코가 그것을 곧이곧대로 받아들여 줄지 어떨지는 의문이었다. 나는 잠시 생각하고 나서 말했다.—있을 수 없는 일인 것 같지만 실은 세상에 나의 그런 수치스러운 모습을 찍은 사진이 있다는 것을 지금 네게 듣기 전까지는 확실하게는 몰랐다. 만약 그런 것이 있다면, 그것은 내가 혼수상태에 있을 때 아빠가 촬영한 것으로, 기무라 씨는 단지 아빠에게서 그것을 현상해 달라는 부탁을 받았을 뿐일 것이다. 기무라 씨와 나 사이에는 결단코 그 이상의 관계는 없다. 아빠가 왜 나를 혼수상태로 만들었고, 왜 그런 사진을 찍었고, 왜 그것을 자신이 직접 현상하지 않고 기무라 씨에게 시켰는지 그 이유는 상상에 맡기겠다. 나로서는 딸 앞에서 이 정도의 일을 입에 담는 것조차 견디기 힘들다. 이제 더 이상은 묻지 말아 주길 바란다. 다만 모든 것은 아빠의 명령에 따른 것이고, 나는 어디까지나 남편을 충실하게 받드는 것이 아내의 임무라고 알았기 때문에 마지못해 시키는 대로 한 것임을 믿어 주길 바란다. 구식 도덕으로 교육받고 자란 엄마는 이렇게 하는 수밖에 없다. 엄마의 나체 사진이 아빠를 그렇게 기쁘게 하는 것이라면, 엄마는 감히 수

치심을 참고 카메라 앞에 설 것이다. 하물며 다른 사람도 아닌 아빠가 조작하는 카메라라면. — "엄마, 엄마 제정신으로 하시는 말씀이세요?"라고 도시코는 아연실색했다. "진심이야."라고 하자 "저는 엄마를 경멸해요."라며 분노 어린 어조로 말했다. 도시코를 화나게 하는 것이 조금 재미있어져서 어느 정도 감정을 과장한 감도 있었다. "엄마는 정녀(貞女)의 귀감이라는 것이죠?"라고 도시코는 분하다는 듯이 얼굴에 냉소를 떠올렸다. 도시코는 아빠가 기무라 씨에게 현상을 부탁한 심리 상태가 아무래도 이상해 죽겠다는 듯이, 이유 없이 엄마를 모욕하고 기무라 씨를 괴롭혔다며 아빠를 비난해 마지않았기 때문에 나는 "그런 일에 딸이 참견하지 말아 줬으면 좋겠다."라고 했다. "너는 아빠가 엄마를 모욕했다고 하지만, 정말 모욕한 것일까? 엄마는 그렇게 생각하지 않아."라고 말해 주었다. "아빠는 엄마를 지금도 열렬히 사랑하기 때문이야. 아빠는 엄마의 육체가 나이에 비해 젊고 아름답다는 것을 자기 이외의 남성에게 보여 주어 확인하고 싶은 심정이었다고 생각해. 그런 감정은 조금 병적일지도 모르겠지만, 난 이해할 수 있어." — 남편을 옹호할 필요를 느꼈기 때문에 하기 어려운 말도 꽤 적절하고 교묘하게 잘한 것 같다. 일기를 몰래 훔쳐 읽는 것이 분명한 남편은 이 부분을 읽고 내가 남편을 감싸기 위해 얼마나 고심했는지를 알아주었으면 한다. "하지만 그런 심정뿐이었을까요? 아빠는 기무라 씨가 엄마를 어떻게 생각하는지 알면서, 정말 못됐어요."라고 도시코는 말했다. 나는 그 말에는 대답하지 않았다. 도시코는 그 사진을 책갈피에 끼워 둔 것은 '기무라 씨가 한 일이기 때문에' 단순한 부주의로 여겨지지는 않는다며 뭔가 까닭이 있는 것 같다고 말했다. 또 자신에게 무슨 역할을 맡길 심산인지 모르겠다며, 기무라 씨에 대한 그녀의 관찰에 대해 이런저런 이야기를 했지만, 그것은 여기에 쓰지 않는 것이 남편을 위해서 좋으리라 생각한다. ……

3월 18일

…… 사사키(佐々木)의 귀국 축하연이 있었기 때문에 10시 넘어서 귀가했다. 아내는 저녁때부터 외출 중이라고 했다. 아마 영화를 보러 갔으리라 짐작하고 서재에서 일기를 쓰고 있는데, 11시가 넘어도 돌아오지 않았다. 11시 30분에 도시코가 전화로 "아빠, 좀 와 주세요."라고 했다. "어디야?" 라고 물으니 세키덴초라고 했다. "엄마는?" 하고 물으니 "여기 있어요."라고 대답했다. "이제 늦었으니 집으로 오라고 해. 여기는 지금 할멈이 돌아가서 나 혼자야."라고 하자 갑자기 목소리를 낮춰 "엄마가 세키덴초 목욕탕에서 쓰러졌어요. 고다마 선생님을 불러 줘요."라고 말했다. "거기에 누구누구 있지?" 하고 물으니 "셋이요."라고 했다. "설명은 나중에 할게요. 어쨌든 빨리 주사를 놓는 것이 좋을 것 같아요. 아빠가 오실 수 없으면 고다마 선생님을 부르겠어요." 라고 한다. "고다마 씨는 부르지 않아도 돼. 주사는 내가 놓을게. 네가 이리 와서 집을 봐." — 요즘 비타캠퍼 주사액을 떨어뜨린 적이 없기 때문에 집을 비운 채 도시코가 올 때까지 기다리지 않고 출발을 했다. (이럴 때 일전의 기억 상실증이 엄습하지는 않을까 하는 공포가 얼핏 뇌리를 스쳤다.) 세키덴초의 집이 어디 있는지 알고는 있었지만, 안에 들어간 것은 처음이다. 도시코가 문 앞에 서 있다가 마당에서 바로 사랑채로

안내하고는, "그럼 저는 집을 보러 갈게요."라고 하며 나갔다. "심려를 끼쳐서 죄송합니다."라고 기무라가 인사를 했다. 나는 기무라에게 아무런 설명도 요구하지 않았다. 기무라도 그 일에 대해서는 한마디도 하지 않았다. 둘 다 민망해서 서둘러 주사 놓을 준비를 시작했다. 피아노 앞 다다미 위에 이부자리가 깔려 있고 아내가 조용히 눕혀 있었다. 그 옆에는 술상이 너절하게 어질러져 있었다. 머리맡 벽에 아내의 외출복이 도시코가 양장을 걸 때 사용하는 조화와 리본 장식이 달린 옷걸이에 걸려 있었고, 아내는 속옷만 입고 누워 있었다. 아내는 나이에 비해 화려한 것을 좋아하는데 그 속옷은 특히 요란하고 야한 느낌이 났다. 때와 장소가 이상한 탓에 특히 더 그렇게 느껴졌는지도 모른다. 맥박은 이런 경우의 맥박과 같았다. 기무라는 "따님과 둘이서 여기까지 모시고 왔습니다."라는 말만 한마디 했다. 몸은 일단 한 번 닦았지만, 온몸에 물기가 있고 속옷이 딱 달라붙어 있었다. 한 가지 특이한 것은 머리가 풀려 헝클어져 있고 속옷 깃이 몹시 젖어 있었다는 점이다. 집 욕실에서 쓰러졌을 때는 머리가 늘 묶여 있어서 이렇게 헝클어졌던 적이 없었다. 이것은 기무라의 취향인지도 모르겠다고 생각했다. 기무라는 이 집 부엌을 잘 아는 듯, 욕실에서 세면기와 기타 필요한 것을 가지고 오기도 하고 물을 끓여 주사기 소독을 돕기도 했다. …… "여기에 눕혀 둘 수는 없네."라고 약 한 시간 후에 내가 말했다. "주인집은 일찍 자는 편이라 마담은 아무것도 모르는 것 같습니다."라고 기무라가 말했다. 맥박은 거의 정상으로 돌아왔으니까 데리고 돌아가기로 하고, 기무라에게 자동

차를 불러 달라고 했다. 기무라는 "저기까지 제가 업고 가겠습니다."라고 하며 등을 댔다. 내가 아내를 일으켜 안아서 속옷 차림인 채로 기무라 등에 업혀 놓고 옷걸이에 걸린 기모노와 하오리[5]를 꺼내 입혔다. 마당을 가로질러 문 앞 자동차가 있는 곳까지 가서 두 사람이 함께 아내를 차에 태웠다. 60엔짜리 소형차였기 때문에 기무라가 앞에 앉았다. 브랜디 냄새가 속옷까지 배어 있어서 차 안에 냄새가 진동을 했다. 나는 아내를 옆으로 안고 발을 꼭 잡은 상태에서 차디찬 그녀의 머리카락에 얼굴을 묻고 키스를 했다. (기무라에게는 보이지 않았을 테지만 눈치챘을지도 모른다.) 기무라는 아내를 침실까지 데려오는 것을 도와주고 나서, "선생님 오늘 밤 일은 저를 믿어 주세요. 따님이 모든 것을 알고 있습니다."라고 했다. "이제 돌아가도 되겠습니까?"라고 묻길래 "으음."이라고만 대답했다. 기무라가 돌아가고 나서 도시코가 집을 봐 주고 있던 것이 생각나서 거실과 도시코의 방에 가 보았지만 벌써 사라졌다. 아까 우리들이 이쿠코를 자동차에서 끌어내릴 때는 현관에서 어정어정하고 있었던 것 같은데, 말없이 세키덴초로 돌아간 것 같다. 일단 서재로 올라가 우선 오늘 밤 지금까지 있었던 일을 서둘러 일기에 적어 두었다. 일기를 쓰면서 몇 시간 후 경험할 수 있는 여러 가지 희열을 상상했다. ……

5 羽織, 옷 위에 입는 짧은 겉옷.

3월 19일

…… 새벽까지 한숨도 못 잤다. 어젯밤의 갑작스러운 사건은 무엇을 의미하는지, 그것을 생각하는 일은 공포와 비슷한 즐거움이었다. 나는 아직 기무라나 도시코, 아내한테서도 아무런 설명을 듣지 못했다. 물을 기회가 없었기 때문이기도 하지만 너무 빨리 듣고 싶지 않았기 때문이기도 했다. 내 마음대로 이것은 이런 것인가, 그게 아니라 저런 것인가 하며 여러 가지 경우를 상상하며 질투나 분노에 들끓고 있으면 한없이 왕성한 음욕이 발효되기 시작한다. 사실을 분명하게 밝히고 나면 오히려 그런 쾌감이 사라진다. 아내는 새벽부터 또 그 잠꼬대를 시작했다. '기무라 씨'라는 말이 오늘 새벽에는 빈번하게 어떨 때는 강하게, 어떨 때는 약하게 드문드문 반복되었다. 그 소리가 끊겼다 들렸다 하는 사이 시작했다. …… 순식간에 질투도 분노도 사라져 버렸다. 아내가 혼수상태인지 정신이 든 상태인지 자는 척하는지도 문제가 아니게 되었고, 내가 나인지 기무라인지조차도 알 수 없게 되었다. …… 그때 나는 4차원 세계에 돌입한 것 같은 느낌이 들었다. 순식간에 높디높은 도리천(忉利天)[6]의 절정에 달했는지도 모른다고 생각했다. 과거는 모두 환영이고 여기에 진실한 존재가 있으며 나와 아내 딱 둘이서만 여기에 서서 서로 포옹하고 있다. …… 나는 지금 죽을

6 불교에서 세계 중심에 우뚝 솟은 성산(聖山)으로 여기는 수미산(須彌山)의 정상. 즉 황홀의 절정.

지도 모르지만 찰나가 영원임을 느꼈다. ……

3월 19일

…… 어젯밤의 일은 만약을 위해 자세히 써 두려고 한다. 어젯밤은 남편의 귀가 시간이 밤이라는 것을 알았기 때문에 "우리들도 영화를 보러 갈지도 모른다."라고 남편에게 미리 말해 두었다. 4시 30분쯤에 기무라 씨가 영화를 보러 가자고 왔지만, 도시코는 5시쯤에 늦게 왔다. "늦었잖아."라고 하자 "시간이 어중간하니까 식사를 하고 나서 가는 게 좋지 않아요? 엄마, 오늘은 제가 서비스할 테니까 세키덴초에서 식사를 해요. 내가 사는 곳에 차분히 앉아 있었던 적이 한 번도 없잖아요."라고 도시코가 말했다. "닭고기를 한 근 사 왔어요."라며 그녀는 닭고기, 채소, 두부를 양손에 들고 기무라 씨와 나를 데리고 나갔는데 "이것은 여기 것을 기부받을게요."라며 아직 반 이상 남은 쿠르부아지에 병을 들고 나왔다. "그건 그냥 두는 게 좋겠어. 오늘은 아빠가 집에 안 계시니까."라고 나는 말했지만 "그래도 모처럼 식사를 하는데 이게 빠지면 허전해요."라고 하는 것이었다. "식사 대접 같은 것 필요 없어. 이제부터 영화를 보러 가려면 좀 더 간단한 게 좋아."라고 했지만 "전골이 오히려 간단해요."라고 도시코는 말했다. 피아노 앞에 상 두 개를 나란히 놓고, 곧 가스 풍로(냄비와 풍로는 안집에서 빌려 온 것이다.)로 요리를 시작했는데 건더기 종류가 평소보다 다양하고 양도 많은 데 놀랐다. 파, 가느다란 곤약, 두부는 그렇다 치고 밀기울, 두부껍질, 백합 뿌리, 배추 등 — 도시코는 일부러 그것들을 한 번에 가져오지 않고 재료가 떨어지면 조금씩 연이어 추가했다. 닭고기도 한 근이 안 되는 것 같았다. 자연히

좀처럼 식사가 되지 않아 브랜디를 마시게 되었다. "따님이 브랜디를 따라 주다니 신기한 일이네요."라고 하면서 기무라 씨도 평소보다는 과하게 마셨다. "이제 영화는 늦었어요."라고 적당한 시기를 봐서 도시코가 말했다. 나도 영화를 보기에는 너무 취해 있었다. 하지만 말은 그렇게 해도 그렇게까지 양이 과하다고는 느끼지 않았다. 항상 그렇지만, 나는 취기를 참으며 마시기 때문에 어느 정도까지는 말짱했지만 일정량을 초과하면 갑자기 이상해진다. 처음에는 오늘 밤 도시코 때문에 취할지도 모른다고 내심 경계했다. 그러나 경계를 하는 반면, 다소 기대를 하는 — 어쩌면 희망하는 — 심정도 없었다고는 할 수 없다. 기무라 씨와 도시코 둘이 미리 계획을 세워 두었는지 어땠는지 나는 모른다. 물어봐 봤자 대답을 해 줄 리 없으니까 물어보지도 않겠다. 다만 기무라 씨도 "선생님이 안 계시는데 이렇게 마셔도 괜찮을까요?"라고 하면서, 요즘 주량이 상당히 늘어 나하고 주거니 받거니 했다. 기무라 씨도 그렇다고 생각하겠지만, 나로서도 남편이 없는 동안 기무라 씨와 술을 주고받는 것이 남편의 의지에 반하는 일은 아니라는 느낌이 든다. 남편이 질투하게 하는 것이 곧 남편을 행복하게 하는 일임을 알고 있었다. 그렇다고 남편을 자극하는 것이 유일한 목적이었다는 말은 결코 아니다. 하지만 마음속에서 그렇게 안심하고 있었기 때문에 그만 술잔을 거듭 들었다고 할 수 있다. 그리고 오늘은 여기서 확실하게 말해 두겠는데, 기무라 씨를 사랑하는 것까지는 아니지만 좋아하는 것은 사실이다. 사랑하려고 마음먹으면 곧 할 수 있는 단계에 와 있다. 남편에게 질투를 일으키기 위해서 여기까지 올 필요가 있었기 때문이지만, 원래 기무라 씨를 좋아하지 않았다면 여기까지 오지 않았으리라. 그리고 지금까지는 이쯤에서 엄중하게 선을 긋고 더 이상 앞으로 나가지 않으려고 애써 왔지만 앞으로는 어쩌면 도를 넘어설 것 같은 기분이 든다. 남편이 나의 정조를 너무 믿지 말아 주었으면 한다. 남편의 주문에 따르기 위해 아슬아슬한 지점까지 시련을 견뎌 왔지만 앞으로는 장담할 수가 없게 되었다. …… 한편 나는 항상 비몽사몽 상태로 잠들어 있을 때 본 적이 있는 나체의 기무라 씨를…… 기무라 씨인가 싶으면 남편이고 남편인가 싶으면 기무라 씨인 그 나체를…… 한번 남편의 방해를 받지 않고 직접 보고 싶은 호기심도 없지는 않았다. 어느새 급격하게 취기가 돈 것을 느끼고 화장실에 숨었지만 밖에서 도시코가 "엄마, 오늘은 목욕물을 데웠어요. 마담은 목욕을 했으니까 엄마가 하시는 게 어때요?"라고 말했다. 나는 목욕탕에 들어가면 쓰러지리라는 사실, 그럴 경우 안아 일으켜 줄 사람은 아마 도시코가 아니라 기무라 씨이리라는 사실을 이미 몽롱해진 의식 한구석에서 느끼고 있었다. "엄마, 그렇게 하세요."라고 도시코가 한두 번 더 말하러 온 것도 어렴풋이 기억난다. 그리고 얼마 안 있어 혼자서 목욕탕으로 찾아가 유리문을 열고 기모노를 벗은 것까지는 생각이 나지만, 그러고 나서는 어떻게 되었는지 완전히 의식을 잃어버렸다. ……

3월 24일

…… 어젯밤 또 아내가 세키덴초에서 쓰러졌다. 두 사람이 저녁 식사 후 영화를 보러 가자며 아내를 데리고 가서 11시 지나서까지도 돌아오지 않았다. 나는 진작에 어쩌면 그런 일이 아닐까 하고 짐작했다. 너무 늦어서 전화를 걸어 볼까도 생각했지만, 그것도 한심한 것 같아서 전화가 오기를 기다리고 있었다. (기다리는 동안의 지루함, 초조함, 그리고 또 늘 있

어 왔던 것에 대한 기대에 가슴이 두근두근하는 기분이라니!) 그러자 12시 조금 지나서 도시코 혼자 나타나 택시를 세워 놓고 들어와서 "엄마가 또 쓰러졌어요."라고 했다. 영화를 본 후에(라고 하지만 정말 그랬는지 어떤지는 의심스럽다.) 모녀가 기무라와 함께 하숙집까지 갔다. 그런데 기무라가 자기도 배웅하겠다며 세키덴초까지 와서 셋이서 그만 집 안에 들어갔다. 도시코가 홍차를 타 주었는데 일전에 마시던 쿠르부아지에가 4분의 1 정도 남은 채로 바닥에 놓여 있어서 티스푼으로 한 스푼씩 넣어 권했다. 거기서 발동이 걸려 잠시 후에 두 사람이 와인글라스로 주고받기 시작하여 결국 병을 비웠다. 어젯밤에도 마침 목욕물을 데워 놓았기 때문에 지난밤과 같은 순서로 일이 발전했다. — 이게 도시코의 석연치 않은 설명이었다. 나는 도시코에게 "너 두 사람을 그냥 두고 온 거냐?"라고 물었다. 도시코는 "네, 전화가 연결되지 않아서 안채에 빌리러 가기가 미안해서요."라고 했다. "게다가 어차피 자동차가 필요할 것 같아서 간신히 차를 잡아타고 왔어요."라고 말하며 평소와 다르게 짓궂은 눈빛으로 내 눈을 바라보았다. "지난번에는 운 좋게 차를 잡았는데, 오늘은 좀처럼 잡히지 않아서요. 전찻길에 한참 동안 서 있었지만 어쨌든 시각이 시각이니만큼 한 대도 지나가지 않더라고요. 택시가 있는 가모가와(鴨川)까지 걸어가서 자고 있는 사람을 문 두들겨 깨워서 타고 온 거예요."라고 하며, 이쪽에서 묻지도 않았는데 "집을 나온 지 벌써 이십 분 이상이나 지났지만요."라고 혼잣말처럼 덧붙였다. 나는 도시코가 어떤 저의로 그런 말을 하는 것인지 짐작이 갔지만, 일부러 시치미를 떼고 "수고했어. 그러면 집을 좀 봐 줘라."라고 하고, 주사 놓을 채비를 해서 그 차를 타고 갔다. 나는 여전히 그들 세 명이 어디까지 합의한 후에 꾸민 일인지 알 수 없었다. 다만 아마 도시코가 주모자이리라는 사실, 그녀가 고의로 두 사람을 내버려 두고 이십 분 이상 시간을 소비하고(이십 분이나 삼십 분이 아닐지도 모른다. 한 시간이나 어슬렁거리며 왔음에 틀림없다.) 왔음은 상상할 수 있었다. 나는 세키덴초로 달려가기까지 그 이십 분에서 한 시간 동안 방에서 어떤 일이 일어날 수 있을지를 애써 생각하지 않으려고 했다. 아내는 지난번과 같은 속옷을 입고 누워 있었다. 벽에 있는 옷걸이에는 또 그 의상이 죽 걸려 있었다. 기무라가 더운물과 세면기를 가지고 왔다. 아내는 인사불성으로 지난밤 이상 곤드레만드레 취한 것처럼 보였는데, 그 속임수에도 불구하고 어젯밤에는 특히 명료하게 그것이 연기며 실제로는 의식이 있다는 것을 너무 지나칠 정도로 잘 알 수 있었다. 맥도 비교적 정상이었다. 이럴 때 진짜 주사를 놓는 것이 바보 같아서 캠퍼 주사를 놓는 척하며 비타민 주사를 놓곤 했는데, 기무라가 알아차리고 "선생님, 이것으로 괜찮을까요?" 라고 작은 목소리로 묻는다. 나는 "응, 괜찮네. 오늘 밤에는 별로 심한 것 같지 않네."라고 대답하며 개의치 않고 비타민 주사를 놓았다. ……

…… 아내는 요란하게 "기무라 씨, 기무라 씨." 하며 불러 댔다. 그를 부르는 목소리가 지금까지와는 어조가 달랐다. 전과 같은 잠꼬대 같은 말투가 아니라 힘이 들어간, 호소하는 듯한, 외치는 듯한 목소리로 불렀다. 엑스터시에 들

어가기 전후에는 그 목소리가 더욱더 요란했다. 갑자기 혀끝을 물어뜯기는 것 같은 느낌이 들었다. …… 이어서 귓불에서도 그것을 느꼈다. …… 지금까지는 없었던 일이었다. …… 하룻밤 새에 아내를 그렇게 대담하고 적극적인 여성으로 변하게 한 것이 기무라라고 생각하니, 나는 한편으론 격렬한 질투를 느끼고 한편으로는 그에게 감사했다. 아니, 도시코에게도 감사해야 할지도 모른다. 아이러니하게도 도시코는 나를 괴롭히려다가 오히려 나를 기쁘게 하는 결과가 된 것을 …… 나의 이런 이상한 심리를, 설마 거기까지는 알아차리지 못했겠지만 말이다…….

…… 행위 후, 오늘 새벽에 엄청난 현기증을 느꼈다. 아내의 얼굴, 목, 어깨, 팔 등 모든 것의 윤곽이 이중으로 보이고 그녀의 몸 위에 또 한 명의 그녀가 겹쳐져 있는 듯 보였다. 얼마 후 나는 잠이 든 것 같았는데, 꿈속에서도 여전히 아내가 이중으로 보였다. 처음에는 전체가 이중으로 보이다가 결국에는 부분 부분이 제각각 공중에 흩어져 보였다. 눈이 네 개, 그 눈과 나란히 코가 두 개, 조금 멀리 떨어져서 1~2척 정도 위에 입술이 두 개 있는 식으로. 그것도 극히 선명한 색채를 띠고 말이다. 공간이 하늘색, 두 발이 검은색, 입술이 빨간색, 코는 순백 …… 그리고 그 검정도 빨강도 하양도 실물의 그녀보다 훨씬 더 야하고, 영화관 간판에 그려진 페인트 색처럼 앙칼졌다. 이렇게 생생한 색으로 꿈을 꾸는 것은 꽤 심한 신경 쇠약의 증거라고, 꿈속에서 확실히 그렇게 생각하면서 나는 가만히 응시했다. 오른쪽 다리가 두 개, 왼쪽 다리가 두 개, 물속에 있는 것처럼 부유하는 그 흰

피부의 색은 무어라 비할 데가 없었다. 그러나 형태는 틀림없는 그녀의 다리였다. 다리와 나란히 발바닥이 또 따로 떠 있었다. 눈앞에 한가득 크고 하얀 덩어리가 눈이 쌓인 봉우리처럼 나타났나 싶더니 언젠가 사진으로 찍은 적이 있는 그 형상 그대로, 정면으로 이쪽을 향한 엉덩이가 있었다. …… 그러고 나서 몇 시간이 지났는지 또 다른 꿈을 꾸었다. 처음에는 기무라가 알몸인 채로 서 있는 것처럼 보였는데, 몸통에 붙어 있는 머리가 기무라의 것이 되었다가 내 것이 되었다가 하더니 기무라의 머리와 내 머리가 하나의 몸통에 붙어서 전체가 또 이중으로 보였다. ……

3월 26일

…… 이것으로 남편이 없는 곳에서 기무라 씨를 만나는 것이 세 번째다. 어젯밤에는 방바닥에 아직 마개를 따지 않은 새 쿠르부아지에 병이 놓여 있었다. "네가 갖다 놓았니?"라고 묻자, 도시코는 "저는 몰라요."라고 부정했다. "어제 밖에서 돌아와 보니 이 병이 놓여 있었어요. 기무라 씨가 갖다 놓은 게 아닌가 해요."라고 도시코가 말했지만 기무라 씨도 "저는 모릅니다."라고 말했다. "분명 선생님이에요. 저는 그렇게 생각합니다. 의미심장한 장난이군요.", "아빠라면 상당히 아이러니하네요." — 두 사람은 그런 식으로 말을 주고받았다. 남편이 몰래 갖다 놓고 갔다고 생각하는 것이 가장 그럴싸했지만, 실은 잘 모르겠다. 도시코나 기무라 씨 둘 중에 한 명이 사 왔다고 생각하는 것도 결코 불가능한 일은 아니다. 수요일과 금요일은 마담이 오사카에 강의를 하러 가는 날로 1시가 되어서야 돌아온다.

며칠 전 밤에도 도시코는 브랜디가 시작되자, 적당한 시점에서 사라져 마담의 방에 들어가 있었는데(이 사실을 쓰는 것은 처음이다. 남편에게 오해받는 것이 두려워 삼갔는데, 이제 그럴 필요도 없을 것 같다.) 어젯밤에도 상당히 일찍부터 사라져 마담이 집에 돌아오고 나서도 안채에서 여전히 한참을 이야기했다. 나는 의식을 잃고 난 후의 일은 잘 모르겠다. 그러나 아무리 취했다고는 해도 끝까지 마지막 선만은 어젯밤에도 강고하게 지켜 냈다고 생각한다. 나는 아직 그 선을 넘어설 용기가 나지 않고, 기무라 씨도 마찬가지라고 생각한다. 기무라 씨는 이렇게 말했다. — 폴라로이드라는 사진기를 선생님께 빌려 드린 것은 접니다. 그것은 선생님께서 사모님을 취하게 해서 알몸으로 만들려는 버릇이 있다는 것을 알았기 때문입니다. 그런데 선생님은 폴라로이드로는 만족하지 못하고 이콘을 사용하여 찍게 되었습니다. 그것은 사모님의 육체를 세부까지 상세하게 살펴보고 싶다는 목적 때문이기도 하겠지만, 진짜 목적은 저를 괴롭히는 데 있다고 생각합니다. 저에게 현상의 부담을 안게 하고 가능한 한 흥분시켜서 유혹에 견딜 수 있을 만큼 한껏 견디게 하여 거기서 쾌감을 느끼려는 것이라 생각합니다. 그뿐만 아니라 저의 이런 기분이 사모님께 전달되어 사모님도 같이 괴로워하리라는 걸 알고 거기에서도 희열을 느끼고 있는 것입니다. 사모님과 저를 이렇게까지 괴롭히는 선생님을 미워하고는 있지만, 그래도 선생님을 배신할 생각은 없습니다. 저는 사모님께서 괴로워하는 모습을 보고 함께 괴로워하며 더욱 더 이 고통을 심화시켜 가고 싶습니다. — 나는 기무라 씨에게 말했다. — 도시코는 당신에게서 빌린 프랑스어 책 안에 그 사진이 끼워져 있는 것을 발견하고, 이것은 우연히 여기에 끼워진 것이 아니다. 뭔가 의미가 있을 것이라고 했어요. 무슨 생각으로 그렇게 한 것이

죠? — 기무라 씨가 말했다. — 그것을 따님에게 보여 주면 따님께서 뭔가 적극적으로 움직여 주리라 예상했습니다. 저는 따님에게 시사한 것이 아무것도 없습니다. 다만 따님의 이아고[7] 같은 성격을 알기 때문에, 그렇게 하면 18일 밤처럼 될 것이라고 기대했을 따름입니다. 23일 밤의 일도, 오늘 밤의 일도 항상 따님이 주도권을 쥐고 있었고, 저는 묵묵히 그에 따랐을 뿐입니다. — 내가 말했다. — 저는 당신하고도 남편하고도 이런 이야기를 한 적이 한 번도 없습니다. 당신과 나의 관계에 대해서도 남편은 별로 듣고 싶어 하지 않습니다. 듣는 것이 끔찍하기도 할 테고 지금도 여전히 제 정조를 믿기 때문이겠지요. 저도 자신의 정조를 믿고 싶지만 아니, 믿어도 상관없겠지요. 여기에 대답할 수 있는 사람은 기무라 씨뿐입니다. — 믿어 주세요, 하고 기무라 씨가 말했다. — 저는 사모님 육체의 모든 부분을 만져 보았습니다. 단 한 군데 중요한 부분을 제외하고는 말입니다. 선생님께서는 저를 종이 한 장 차이로 아슬아슬한 곳까지 사모님과 접근시키려 하셔서 그 뜻에 따라 선을 넘지 않는 범위 내에서 사모님에게 다가간 것입니다. — 아아, 그걸로 안심했습니다, 하고 나는 말했다. — 그렇게까지 해서 제 정절을 온전하게 지켜 주신 것을 감사하게 생각합니다. 기무라 씨는 제가 남편을 미워한다고 하셨지만 미워하는 한편 사랑하는 것도 사실입니다. 미워하면 미워할수록 애정도 깊어집니다. 그 사람은 당신을 자신과 저 사이에 두고 그런 식으로 당신을 괴롭혀야만 정욕이 타오르는 사람이고, 그것도 결

7 셰익스피어의 『오셀로』에 등장하는 지력과 음모의 재능을 겸비한 음험하고 냉철한 인물. 오셀로의 기수로 일했지만 지위에 불만을 품고 보복하기 위해서 오셀로의 아름다운 아내 데스데모나의 정조에 관한 의혹을 고자질하고, 오셀로는 그 말을 믿고 사랑하는 아내를 자신의 손으로 죽인다.

국 저를 기쁘게 하기 위해서라고 생각하니 끝끝내 그 사람을 배신할 수 없게 됩니다. 하지만 기무라 씨, 이런 식으로 생각할 수는 없을까요? 제 남편과 기무라 씨는 한 몸으로, 그 사람 속에 당신이 있고 두 사람은 한 사람이라고 말입니다. ……

3월 28일

…… 대학 병원 안과에서 안저(眼底) 검사를 받았다. 내키지는 않았지만 소마 박사가 간곡히 부탁하는 바람에 마지못해 가 봤다. 현기증은 뇌동맥 경화의 증상이라는 말을 들었다. 그 때문에 뇌가 충혈되어 현기증이나 복시(複視) 현상이 일어나고 의식 혼탁이 발생하는 것이다. 심해지면 실신할 수도 있다. 한밤중에 소변을 보러 일어났을 때, 급격한 동작을 시작했을 때, 몸의 방향을 갑자기 바꾸었을 때 특히 현기증을 느끼지 않느냐는 질문을 받고 그렇다고 대답했다. 평형 감각을 잃고 몸이 쓰러질 것 같다거나 땅속으로 빨려 들어가는 느낌이 나는 것도 귓속 혈관의 혈행이 나빠졌기 때문이라고 했다. 내과에서 소마 박사에게 진찰을 받았다. 지금까지 혈압을 재 본 적이 없었는데, 오늘 처음으로 혈압도 재 보고 신장 검사도 받았다. 이렇게 혈압이 높은 줄 몰랐다며 상당히 주의를 요한다고 했다. "어쨌든 위는 200 이상이고 아래도 150에서 160, 위아래 차이가 큰 것이 가장 안 좋은 징조네. 자네는 함부로 호르몬제를 먹거나 주사를 놓거나 하는데 신장을 보하는 약보다는 혈압을 낮추는 약을 먹어야 해. 그리고 실례지만 사랑을 삼가야 하고, 알코

올도 끊어야 하네. 자극적인 것이나 짠 것도 안 되네." 그렇게 말하고 소마 박사는 루틴C, 셀파실(serpasil), 칼리크레인(kallikrein) 등 이것저것 그 방면의 약을 거르지 말고 복용할 것을 권하며 앞으로도 끊임없이 신경 써서 혈압을 체크하라고 했다.

나는 일부러 숨기지 않고 일기에 적어, 아내가 어떤 반응을 보이는지 보기로 했다. 당분간 의사의 충고에는 귀 기울이지 않을 것이다. 아내 쪽에서 뭔가 언질을 주기 전까지는 사건은 종래의 방향으로 진행될 것이다. 내가 예상하는 바로는 아내는 이 글을 읽고도 읽지 않은 척하며 점점 더 음탕해질 것이다. 그것은 어쩔 수 없는 그녀 육체의 숙명이다. 나 또한 여기까지 와서 뒤로 물러설 수는 없다. 며칠 전 밤 이래로 아내의 태도가 갑자기 적극적이 되어 다양한 기술을 구사하며 즐기게 된 것도 나를 더 한층 그쪽 방면으로 몰아가는 동력이 되었다. — 그녀는 여전히 그에 대해 한마디도 하지 않는다. 묵묵히 동작으로 여러 가지 애정 표현을 한다. 늘 비몽사몽 상태를 가장하기 때문에 불을 어둡게 할 필요는 없다. 취한 척, 자는 척하며 교태 부리듯 수줍어하는 모습은 무어라 형언할 수가 없다. — 나는 처음엔 상당한 간격을 두고 기무라를 아내에게 접촉시켰다. 그런데 차츰 자극에 익숙해짐에 따라 점점 더 그 간격이 좁아졌다. 좁아지면 좁아질수록 질투도 심해지고, 질투가 심해지면 질수록 쾌감을 느낄 수 있어 처음 목적을 달성할 수 있다. 아내도 그것을 희망하고 나도 희망해서 멈출 줄을 모른다. 정초 이래 3개월이 지났지만 병적인 아내와 경쟁하며 여기까지 용케도 대항해 왔다고 스스로 감탄하게 된다. 내가 얼마나 자신을 사랑하는지 이제야 아내가 이해했다고 생각한다. 그럼 이제부터 어떻게 되는 거지? 어떻게 하면 더 정욕을 북돋을 수 있을까? 이대로 가면 또 금방 자극에 익숙해질 것이다. 나는 이미 보통이라면 간통을 하고 있다고 여겨져도 어쩔 수 없을 정도의 상태로 두 사람을 몰아넣었다. 나는 지금도 여전히 아내를 믿어 의심치 않는다. 그녀의 정조를 손상시키지 않고 그들을 이 이상 더 접촉시키기 위해서는 어떤 방법이 남아 있을까? 그것은 나도 생각하겠지만, 그보다 먼저 그들이 생각해 내지 않을 수 없을 터다. 그들이라는 말에는 도시코도 포함되어 있다. ……

나는 아내를 음험한 여자라고 했지만 그렇게 말하는 나도 그녀 못지않은 음험한 남자다. 음험한 남자와 여자 사이에서 태어났으니 도시코 역시 음험한 딸이라고 해도 이상할 것이 없다. 하지만 그 이상으로 음험한 것은 기무라다. 어쩜 그렇게, 모여도 네 명 모두 음험한 사람들끼리만 모였는지 아연실색할 수밖에 없다. 그리고 세상에 보기 드문 일이라 할 수 있는 것은 음험한 네 명이 서로 속고 속이면서도 힘을 합쳐 한 가지 목적으로 나아가고 있다는 점이다. 각각 다른 속셈이 있는 것 같지만 아내가 가능한 한 타락하도록 의도하고, 그것을 향해 열심히 나아간다는 점에서는 네 명 모두 일치한다. ……

3월 30일

…… 오후에 도시코가 데리러 와서 아라시야마(嵐山) 전철의 오미야(大宮) 종점에서 기무라 씨를 만나 셋이서 아라시야마 산에 갔다. 그것은 도시코의 의견에 따른 것이었는데, 정말 좋은 생각이었다. 학교가 방학 중이기 때문에 기무라 씨는 한가했다. 강변을 따라 산책을 하고, 보트를 띄워 란쿄칸(嵐峡館) 부근까지 가서 도게쓰 다리(渡月橋) 옆에서 휴식을 취하고 덴류지(天龍寺) 정원을 보았다. 오랜만에 건강한 바깥공기를 호흡했다. 이제부터 가끔씩 이런 놀이도 즐기고 싶다는 생각이 들었다. 남편은 젊었을 때부터 독서에만 빠져 있어서 이런 곳에 좀처럼 데리고 와 준 적이 없다. 저녁때 전차로 귀로에 올라 셋이서 햐쿠만벤에서 내려 각자 자기들 집으로 돌아갔다. 오늘은 너무나 상쾌한 시간을 보냈기 때문에 밤에도 브랜디를 마실 기분은 들지 않았다. ……

3월 31일

…… 어젯밤 우리 부부는 술기운 없이 잠자리에 들었다. 나는 밤중에 훤히 빛나는 형광등 아래에서 이불자락 끝으로 왼발 끝을 일부러 살짝 내밀어 보였다. 남편은 곧 알아차리고 내 침대로 들어왔다. 알코올의 힘을 빌리지 않고 눈부신 촉광(燭光)을 강하게 받으며 일을 치르는 데 성공한 것은 보기 드문 일이었다. 이 기적적인 사건에 남편은 확실히 이상하게 흥분하는 기색을 보였다. ……

…… 세키덴초의 마담도, 나의 남편도 현재 휴가 중이기 때문에 대개는 아침부터 집에 있다. 물론 남편은 매일 반드시 한두 시간

은 외출하여 그 주변을 어슬렁거리다가 돌아온다. 그것은 산책이 목적이기는 하지만 또 한 가지 다른 목적은 나에게 그의 일기장을 몰래 읽을 틈을 주기 위해서라고 생각한다. 남편이 "잠깐 나갔다 올게."라고 말하고 외출할 때마다 내게는 "이 틈에 일기를 읽어 둬."라고 하는 것처럼 들린다. 그런 일을 당하면 당할수록 더욱더 읽지 않지만, 그렇다면 나도 남편에게 이 일기장을 몰래 읽을 기회를 만들어 주어야 할 것이다. ……

3월 31일

…… 아내는 어젯밤에 나를 놀랍도록 기쁘게 했다. 그녀는 취한 척하지도 않았다. 불을 끄라고 요구하지도 않았다. 자기가 먼저 여러 가지 방법으로 나를 도발하고 성감대를 노출하여 행동을 촉구했다. 그녀가 여러 가지 기교를 터득했다니 의외였다. …… 이 갑작스러운 변화가 무엇을 의미하는지는 차차 알게 될 것이다. ……

현기증이 너무나 심해서 아무래도 걱정이 되어 고다마 씨 병원에 가서 혈압을 재 보았다. 고다마 씨는 경악하는 기색을 보였다. 혈압계가 터져 버릴 만큼 혈압이 높다고 한다. 당장 모든 일을 폐하고 절대 안정을 취할 필요가 있다고 했다. ……

4월 1일

…… 도시코가 양재를 하는 가와이(河合) 여사를 데리고 왔다. 그 사람은 양재를 가르치는 한편 부업으로 여성복을 주문받아 만든

다. 세금을 내지 않아도 되기 때문에 시가에 비해 2~3할은 싸게 해 줄 수 있다. 도시코는 항상 그 사람에게 옷을 맞춰 입는다. 나는 학생 시절에 교복을 입어 본 것 말고는 양장을 입어 본 적이 없다. 취향이 고풍스럽기도 하고 체형 자체가 전통 복장에 어울리기도 해서 지금 와서 새삼 양복을 입을 것도 아니지만 도시코가 자꾸만 권해서 시험 삼아 한번 맞춰 볼 마음이 생겼다. 어차피 알게 될 테지만 좀 어색해서 오늘 오후 남편이 외출하고 없을 때 와 달라고 했다. 옷감이나 모양은 도시코와 가와이 여사에게 맡겼다. 다리가 조금 휘었기 때문에 가급적 스커트를 길게, 이를테면 무릎 아래 2인치 정도로 해 달라고 부탁했다. 휘었다고 할 정도는 아니고 서양인 중에도 이 정도는 수두룩하다고 여사는 말한다. 옷감 견본을 이것저것 보여 주었다. 쥐색 트위드와 팥죽색 글렌체크 앙상블 —《모드 에 트라보(modes & travaux)》[8]에 나오는 스타일을 보여 주며 그것으로 하라고 두 사람이 권하길래 그렇게 하기로 했다. 2만 엔 이하로 할 수 있을 것 같았는데 구두도 사야 하고, 액세서리도 다소는 갖춰 둬야 한다. ……

4월 2일

오후에 외출. 저녁에 귀가.

8 수제 수예품을 다루는 프랑스 잡지. 가사를 즐기면서 풍요로운 라이프 스타일을 즐기고 싶은 여성들의 패션, 요리, 수예 등을 구체적으로 게재.

4월 3일

아침 10시 외출. 가와라마치(河原町) T·H 구두점에서 구두 구입. 저녁에 귀가.

4월 4일

오후에 외출. 저녁에 귀가.

4월 5일

오후에 외출. 저녁에 귀가.

4월 5일

…… 아내의 모습이 나날이 변하고 있다. 요즘 거의 매일 오후가 되면(아침부터인 적도 있다.) 혼자 나가서 네다섯 시간을 보내고 저녁 식사 전에 돌아온다. 저녁은 나하고 둘이서 한다. 브랜디는 마시고 싶어 하지 않는다. 지금은 기무라가 한가하기 때문에 그와 관련이 있음은 눈치챌 수 있다. 어디로 가는 것인지는 알 수 없다. 오늘 오후 2시 지나서 도시코가 불쑥 얼굴을 내밀더니 "엄마는요?"라고 물었다. "이맘때는 항상 집에 없어. 너에게 간 게 아니냐?"라고 하자 "엄마도, 기무라 씨도 통 보이지 않아요. 어디로 간 걸까요?"라며 고개를 갸우뚱거렸다. 그러나 실은 그녀도 한통

속이라는 사실을 알아차리는 것은 어렵지 않다. ……

4월 6일

…… 오후에 외출. 저녁에 귀가. …… 나는 요즘 연일 외출하고 있다. 내가 나갈 때 남편은 대개 집에 있다. 항상 서재에 틀어박혀 책상에 앉아 있는 것 같지만 — 책상 위에는 무슨 책인지 펼쳐져 있고 그것에 눈길을 주는 자세를 취하고는 있지만 — 실은 아무것도 읽지 않고 있을 것이다. 아마 남편의 머릿속은 내가 외출해서 돌아오기까지 수 시간 동안의 행동을 알고 싶은 호기심으로 가득할 터다. 따라서 다른 일을 생각할 겨를 따위는 없을 것이다. 물론 그동안 남편은 반드시 거실에 내려와서 머릿장에서 내 일기장을 몰래 꺼내 읽을 것임에 틀림없다. 하지만 공교롭게도 일기장이 그 일에 관해 아무것도 말해 주지 않음을 발견하리라. 나는 일부러 요 며칠 동안의 행동을 애매하게 '오후에 외출. 저녁에 귀가.'라고만 적었다. 외출할 때는 2층 서재에 올라가서 장지문을 빠끔히 열고 "잠깐 나갔다 올게요." 라고 인사를 하고 살금살금 도망치듯이 계단을 내려온다. 어떨 때는 올라가다 말고 계단에서 말하고 그대로 나간다. 남편도 절대로 내 쪽을 돌아보지 않는다. "응." 하고 희미하게 대꾸해서 대답이 들리지 않는 경우도 있다. 그러나 남편에게 내 일기장을 몰래 읽을 시간을 줄 목적으로 외출하는 것은 물론 아니다. 나는 어떤 회합 장소에서 기무라 씨와 만나고 있다. 왜 그런 방법을 취하게 되었느냐 하면, 백주에 햇빛이 쨍쨍 내리쬐는 곳에서 브랜디 취기가 전혀 없을 때 기무라 씨의 나체를 접해 보고 싶었기 때문이다. 나는 세키덴초의 집에서, 남편이나 도시코가 없는 곳에서 그를 만나기는 하지만 항

상 가장 긴요한 순간 — 살과 살을 서로 비비며 끌어안을 때가 되면 맥없이 만취 상태가 되어 버리고 만다. 일찍이 '1월 30일 일기'에 쓴 '내가 환각으로 본 것은 과연 실제 기무라 씨였던 것일까?'라는 의문과 3월 19일에 쓴 '기무라 씨인가 싶으면 남편이고, 남편인가 싶으면 기무라 씨인 그 나체를 남편의 방해를 받지 않고 이 눈으로 한번 보고 싶다.'라는 호기심이 아직도 충족되지 않은 채 가슴속에 자리 잡고 있기 때문이다. 나는 남편이라는 매개 없이 그야말로 살아 있는 몸뚱이를 한, 기무라 씨임에 틀림없는 사람을 반의식 상태가 아닐 때, 창백한 형광등 아래에서가 아니라 훤한 대낮에, 밝은 상태에서 찬찬히 바라보고 싶었다. ……

…… 기쁘기도 하고 또 몹시 기이한 일이기도 하지만, 실제로 확인해 본 기무라라는 사람은 올해 정월 이래로 몇 번이나 환각 상태에서 만난 적이 있는 그 모습 그대로임을 알게 되었다. 언젠가 나는 '꿈속에서 기무라 씨의 젊디젊은 팔 근육을 붙잡고 그 탄력 있는 가슴팍에 눌렸다.', '무엇보다도 기무라 씨의 피부는 매우 희어서 일본인 피부가 아닌 것 같았다.'라고 쓴 적이 있는데, 이번에 처음으로 현실에서 본 기무라 씨는 역시 그 느낌 그대로인 사람이었다. 나는 이번에야말로 틀림없이 이 손으로 그 젊디젊은 팔을 덥석 잡고 그 탄력 있는 가슴팍에 가슴을 바싹 갖다 붙이며 일본인과는 전혀 다른 그 흰 피부가 내 피부를 빨아들이게 했다. 하지만 내가 일찍이 봤던 환각이 이렇게까지 현실과 일치하다니 얼마나 신기한 일인가? 내가 꿈에서 공상하던 기무라 씨의 영상이 실물과 딱 들어맞은 것은 왠지 단순한 우연 같지가 않다. 전생에서 나눈 약속으로 태어나기 전부터 내 머릿속에 그 사람이 살고 있던 것은 아닌가, 아니면 기무라 씨에게 이상한 신통력이 있어서 자신의 모습을 내 꿈에 나타나게 한 것

은 아닐까 하는 생각이 든다. …… 기무라 씨의 환상이 이제 틀림없는 현실로 느껴짐에 따라 남편과 기무라 씨는 전혀 다른 존재로 분리되었다. '남편과 기무라 씨는 한 몸으로, 그 사람 속에 당신이 있고 두 사람은 한 사람이야.'라고 했던 말은 여기서 분명하게 취소한다. 남편은 훤칠하고 앙상하여 기무라 씨와 외관만 약간 비슷할 뿐 그 외에는 아무것도 닮지 않았다. 기무라 씨는 겉보기엔 앙상한 것 같지만 나체 상태에서 보면 의외로 가슴팍이 두껍고 온몸에 발랄한 건강미가 흘러넘치는데, 남편은 뼈대가 정말로 부실하고 혈색이 나쁘며 피부에 탄력이 조금도 없다. 하얀 피부 밑에 붉은빛이 도는 기무라 씨의 피부에는 반질반질한 윤기와 깊은 맛이 있는데, 검푸른 남편의 피부는 바싹 말라 금속성의 느낌이 난다. 알루미늄처럼 뻔드르르한 것이 지금 생각해도 기분이 나쁘다. 내게는 남편을 혐오하는 기분과 사랑하는 기분이 반씩 섞여 있었는데 요즘엔 나날이 혐오 쪽으로 기울고 있다. …… 아아, 나는 궁합이 맞지 않는, 아, 얼마나 싫어하는 사람을 남편으로 갖고 있단 말인가? 만약 이 사람 대신 기무라 씨가 남편이라면, 하는 생각을 하며 하루에도 몇 번씩 한숨을 쉬었다. ……

…… 여기까지 와서도 아직 마지막 선을 넘지 못했다. ― 라고 한다면 남편은 믿을까? 하지만 믿든가 말든가 그것은 사실이다. 물론 '마지막 선'이라는 것은 매우 협의로 해석한, 정말이지 마지막 선으로, 그것을 범하지 않는 한도 내에서 하지 않은 것이 없다고 해도 좋을지 모른다. 그게 무슨 말인가 하면, 봉건적 부모 밑에서 자란 내 머릿속에는 인습적인 형식주의가 늘 들러붙어 있어서 정신적으로는 어쨌든 간에 육체적으로, 남편이 늘 입버릇처럼 말하는 오소독스한 방법으로 성교만 하지 않으면 정조를 더럽히는 것이 아니라는 생

각이 어딘가에 잠재되어 있기 때문이다. 그래서 나는 정조의 형식만 지키면, 그 이외의 방법이라면 무슨 짓이라도 할 수 있는 셈이다. 구체적으로 어떤 짓이냐 물으면 곤란하지만 말이다. ……

4월 8일

…… 오후에 산책을 나가서 시조도리(四條通り) 남쪽 가와라마치 방면에서 서쪽을 향해 걸어가다가, 후지이다이마루(藤井大丸) 백화점 앞에서 몇백 미터 더 가서 아내를 발견했다. 아내는 어떤 상점에서 쇼핑을 하고 보도로 나온 참이었는데, 나보다 대여섯 칸 정도 앞에서 등을 보이고 역시 서쪽을 향해 걸어가고 있었다. 시계를 보니 4시 30분이다. 시각으로 봐서 아내는 귀가 중인 것 같았는데, 서쪽을 향해 걷고 있는 것은 아마 먼저 나를 발견하고 자기가 먼저 피한 것임에 틀림없다. 나의 평소 산책길은 대개 히가시야마(東山) 방면으로 웬만해서는 시조 방면에 오는 일이 없기 때문에 이런 곳에서 나를 발견한 그녀는 순간 가슴이 덜컥했으리라 생각된다. 발걸음을 재촉하여 거리를 좁혀 한 칸 정도 앞까지 따라갔다. 나도 말을 걸지 않았지만 그녀도 돌아보지 않았다. 그리고 그 정도의 간격을 유지하면서 우리는 앞으로 나아갔다. 무슨 물건을 샀나 하고 그녀가 나온 상점 앞을 지나가면서 들여다보았다. 여성복 액세서리를 파는 가게로 레이스나 나일론 장갑, 각종 귀걸이, 펜던트 등이 쇼윈도에 장식되어 있다. 양장을 한 적이 없는 아내가 이런 가게에 볼일은 없으리라고 생각한 순간 깜짝 놀라 눈이 휘둥그레졌다.

정신을 차리고 보니 바로 내 앞을 지나가는 그녀의 양 귓불에 진주 귀걸이가 늘어져 있다. 그녀는 언제부터 화복(和服)에 그런 물건을 장식하는 취향을 갖게 된 것일까? 지금 처음으로 이것을 사서 바로 하고 나온 것일까, 아니면 내가 보지 않는 곳에서 가끔씩 이런 짓을 하고 있는 것일까? 그러고 보니 지난달 무렵부터 그녀가 기장 짧은 갈색 하오리를 입고 있는 모습을 종종 봤다. 오늘도 그것을 입고 돌아다녔다. 원래 고풍스러운 차림을 좋아해서 유행을 좇는 것은 싫어했는데 이제 보니 이런 차림도 어울리지 않는 것은 아니다. 특히 의외인 것은 귀걸이가 어울린다는 점이다. 문득 아쿠타가와 류노스케(芥川龍之介)가 쓴 소설에서 중국 부인은 귀 뒤쪽이 이상하게 희고 아름답다는 이야기를 읽었던 것이 생각났다. 아내의 귀도 뒤쪽에서 보면 투명하게 희고 아름답다. 주위 공기까지 청결하고 투명해 보인다. 진주알과 귓불이 서로 상승효과를 내는데, 그 귀에 진주 귀걸이를 할 생각을 한 것이 그녀의 지혜는 아니리라는 생각이 들었다. 그렇게 생각하니 늘 그랬듯이 질투와 감사가 반씩 섞인 감정을 맛보아야 했다. 아내에게 이런 이국적인 아름다움이 있음을 그녀의 남편된 자가 발견하지 못하고 다른 사람이 발견한 것은 분한 일이지만, 남편이라는 존재는 아내의 익숙한 모습만 보고 싶어 하므로, 오히려 다른 사람보다 무심할지도 모른다. …… 아내는 가라스마도리(烏丸通り)를 지나 여전히 똑바로 걸어갔다. 왼손에는 핸드백과 함께 방금 전 나온 상점의 포장지로 싼 가늘고 긴 납작한 짐을 들고 있는데 내용물이 무엇인지는 알 수 없다. 니시노토인(西洞院)을 지난 지점에서, 그녀에게 이제는 미행을 당하지 않고 있음을 알리기 위해 전찻길을 북쪽으로 건너 일부러 그녀에게 보이도록 추월해서 걸어갔다. 그리고 시조 호리가와(堀川)에서 동쪽으로 가는 전차를 탔다. …… 내가 귀가하고 약 한 시간 후에 아내도 귀가했다. 이제는 아내의 귀에 그 진주가 걸려 있지 않았다. 아마 핸드백 속에 들어가 있을 것이다. 아까 산 물건은 들고 있었지만 내가 보고 있는 앞에서는 그것을 풀지 않았다. ……

4월 10일

…… 남편은 일기로 자신의 우려스러운 상태에 대해 뭔가를 넌지시 흘리고 있는 것일까? 스스로 자신의 정신이나 몸 상태를 어느 정도라고 인식하고 있는 것일까? 그의 일기를 읽지 않는 나로서는 알 수 없지만 실은 이미 한두 달 전부터 그의 상태에 변화가 있음을 알고 있다. 그는 원래 혈색이 좋지 않았는데 최근에는 더 눈에 띄게 안 좋아져서 흙빛을 띠고 있다. 가끔씩 계단을 오르내리면서 비틀거릴 때도 있다. 원래 기억력이 좋은 사람이었는데 요즘에는 눈에 띄게 깜빡하는 일이 많다. 다른 사람과 통화하는 것을 듣고 있으면, 당연히 알아야 할 이름이 생각나지 않아서 우물우물하는 일도 있다. 실내를 돌아다니다가 갑자기 멈춰 서서 눈을 감거나 기둥을 붙잡는다. 좀 비밀스러운 편지를 쓰기 위해서는 두루마리에 가는 글씨로 써야 하는데 글씨체가 아주 엉망이 되어 가고 있다. (서도는 나이가 들수록 숙달되는 것이 보통이다.) 오자와 탈자가 눈에 띄게 많아지고 있다. 내가 보는 것은 겉봉뿐이지만 날짜나 번지수를 틀리기가 일쑤다.

틀리는 방법도 신기하게 3월이라고 해야 할 것을 10월이라고 하고, 자기 집 번지수를 엉뚱하게 쓰기도 한다. 삼촌에게 보내는 편지 겉봉에는 '노스케(之介)'라고 써야 할 것을 '노스케(の助)'[9]라고 적은 데에는 적잖이 놀랐다. '4월(四月)'을 '6월(六月)'이라고 하고, '육(六)' 자를 지우고 정성껏 '팔(八)' 자로 고친 것도 있다. 날짜나 번지수의 경우에는 안 되겠다 싶으면 내가 살짝 정정해서 부치지만, '노스케(の助)'일 때는 어찌할 수가 없어서 '노스케(之介)'가 '노스케(の助)'로 되어 있다고 가볍게 주의를 주었다. 남편은 확실히 당황해하며 "그랬군." 하고 애써 아무렇지 않은 척했다. 그러면서도 바로 고치려고 하지 않고 그것을 책상 위에 두었다. 봉투는 내가 훑어보고 점검을 하니까 괜찮은데 본문에서는 어떤 실수를 하는지 알 수 없다. 남편의 머리가 이상해진 것은 이미 친구들이나 지인들 사이에서는 꽤 알려져 있을지도 모른다. 달리 상담을 할 상대도 없어서 일전에 고다마 선생님께 자연스럽게 남편을 진찰해 달라고 부탁했더니 "그 일로 저도 사모님과 이야기하고 싶었습니다."라고 했다. 고다마 선생님 이야기에 의하면, 남편은 자기가 봐도 불안정해 보이며 소마 박사에게 진찰을 받는 것 같은데 박사가 너무나 겁을 주니까 그를 경원시하고 고다마 선생님에게 상담을 하러 온다고 했다. 고다마 씨는 전문이 아니니까 확실한 이야기는 할 수 없지만 "혈압이 너무 높아 깜짝 놀랐습니다."라고 했다. "얼마나 되나요?"라고 묻자, "사모님께 말씀을 드려도 되는 것인지 모르겠습니다만." 하며 주저하고 나서, "부군의 혈압을 재려고 했더니 혈압계의 눈금이 가장 높은 곳까지 올라가고서도 얼마든지 더 올라갈 기세였습니다. 기계가 고장 날 것 같아서

9　일본어에서는 '之介'도 'の助'도 발음상 모두 '노스케'다.

서둘러 그만두었습니다만, 그 정도라면 혈압이 얼마나 높은지 알 수 없습니다."라고 했다. "남편은 알고 있나요?"라고 물으니 "소마 박사가 몇 번이나 경고를 했음에도 불구하고 그것을 지키지 못하셔서 한심한 상태라고 숨김없이 말씀하셨습니다."라고 답했다. (고다마 선생님으로부터 그런 주의를 받은 이상, 남편이 읽어도 상관없을 테니까 처음으로 이 이야기를 적는다.) 남편을 그런 상태에 빠트린 책임은 거의 다 내게 있다고 할 수 있다. 지칠 줄 모르는 나의 요구가 없었다면 남편도 그렇게까지 음탕한 생활에 빠져들 일은 없었으리라. (고다마 선생님과 그 이야기를 할 때 나는 창피해서 얼굴이 새빨개졌지만 다행히도 고다마 씨는 우리 부부 관계의 진상을 모른다. 나는 철두철미 수동적이고, 먼저 다가오는 것은 항상 남편이며 오직 남편이 섭생을 잘못해서 오늘날의 결과를 초래한 것이라고 고다마 씨는 믿고 있다.) 남편 입장에서 보면 전부 아내를 기쁘게 할 목적으로 이렇게 된 것이기도 한다. 나도 그것을 부정할 생각은 없지만, 나는 나대로 어디까지나 남편에게 충실한 아내로서 섬겨 왔고 남편을 기쁘게 하기 위해서 아주 참기 힘든 일도 견뎌 왔다. 도시코 입장에서는 '엄마는 정숙한 여인의 귀감'이라고 하니, 보기에 따라서는 그렇다고도 할 수 있으리라고 생각한다. …… 하지만 지금에 와서 어느 쪽이 잘못했는지 잘잘못을 가려 봤자 소용이 없다. 요컨대 남편도, 나도 서로가 서로를 부추기고 꾀고 신경전을 벌이며 정신없이 여기까지 와 버린 것이다. ……

여기서 내가 이런 말을 써도 될지, 그리고 남편이 이것을 읽었을 경우에 어떤 결과가 생길지 모르지만, 실은 몸 상태가 한심한 것은 남편만이 아니며 나도 거의 비슷한 상태임을 적어 두고자 한다. 그것을 느낀 것은 올해 정월 말 무렵부터였다. 물론 전에 도시코가 열 살 정도였을 무렵 두세 차례 객혈을 한 경험이 있고 폐결핵 증상이 2기에 달해 의사에게 주의를 받은 적도 있기는 하다. 자연히 치유되어 버렸기 때문에 이번에도 그다지 걱정하지는 않는다. — 그렇다. 그때도 나는 의사의 충고를 무시하고 불섭생하기 짝이 없는 생활을 했다. 내가 죽음을 두려워하지 않는 것은 아니었지만, 나의 음탕한 피는 그런 걸 고려할 틈을 주지 않았다. 나는 죽음의 공포에 눈을 감고 오로지 성적 충동이 향하는 대로 몸을 맡겼다. 남편도 나의 대담함과 무모함에 질려 지금 당장 어떻게 되는 게 아닌가 걱정을 하면서도 결국 내게 끌려갔다. 운이 나빴다면 나는 그때 이미 죽었을지도 모르지만, 어찌 된 셈인지 그렇게 방종한 생활을 했는데도 불구하고 병이 나았다. — 이번에도 나는 정월 말에 예감이 있었고 때때로 가슴이 욱신거리고 멍해지는 느낌이 있어서 이상하다고 생각했는데, 2월 어느 날과 똑같이 거품 섞인 선홍색 혈액이 가래와 함께 나왔다. 양은 많지 않았지만, 그런 일이 두세 번 있었다. 지금은 일시적으로 나은 것 같지만, 언제 또 병이 도질지 모른다. 몸이 나른하고 손바닥과 얼굴이 이상하게 달아오르는 것을 보면 열이 있는 듯싶은데, 나는 체온을 재 볼 생각도 하지 않았다. (한 번 쟀는데 7도 6부였기 때문에 그대로 재지 않고 내버려 두었다.) 의사에게 진찰도 받지 않았다. 자면서 식은땀도 줄곧 흘렸다. 예전 경험에 비추어 이번에도 별일 없으리라 생각하기는 했지만, 대수롭지 않게 여기고 안심할 수도 없다. 다만 다행히도 일전에 의사가 내 위는 튼튼한 게 장점이라고 했다. 이런 병은 자연히 몸이 마르는 것이 보통인데 부인께서는 식욕이 줄지 않는 점이 이상하군요, 라는 말을 자주 들었다. 하지만 전과 다르게 가끔씩 기분 나쁠 정도로 가슴이 욱신거리고 거의 매일 오후가 되면 피로감이 엄습하는 것이다. (나는 그 피로감에 저항하고자 더 자주 기무라 씨와 접촉한다. 오후의 권태를 잊기 위해서는 반드시 기무라 씨가 필요하다.) 전에는 이렇게 가슴이 쑤시는 일이 없었다. 또한 이렇게 피곤한 적도 없었다. 어쩌면 이번에는 차츰 악화돼서 가망이 없어질지도 모른다. 아무래도 이렇게 가슴이 아픈 것은 예삿일이 아닌 것 같다. 게다가 건강이 좋지 않은 정도도 예전과 경우가 다르다. 이 병에는 과도한 음주가 가장 해롭다고 하는데 정월 이래 계속 마신 브랜디 양을 생각하면, 그것으로 병세가 악화되지 않는 것이 기적이라고 할 수밖에 없다. 지금 생각하면 요즘 그렇게 술에 취해 고주망태가 된 것은, 길지 않은 목숨이라고 반쯤 자포자기한 심정이 잠재적으로 영향을 미쳤는지도 모른다…….

4월 13일

…… 아내의 외출 시간이 어제 날짜를 기점으로 변경되지 않을까 하고 생각했는데 역시 예상대로였다. 왜냐하면 기무라의 학교 수업이 시작되어 이제 낮 동안의 밀회는 불가능해질 것이기 때문이다. 며칠 동안은 오후 일찍부터 외출을 했는데, 요 이틀 동안은 잠잠한가 싶더니 어제 저녁 5시 무렵 우선 도시코가 나타났다. 그러자 미리 입이라도 맞추어 둔 것처럼 아내가 일어나 외출 준비를 하는 모양으로, 2층에 있어도 금방 알 수 있었다. 아내는 2층으로 올라와 장지문 밖에서 "다녀올게요. 금방 돌아올 거예요."라고 했다. 늘 그렇듯이 나는 그냥 "응." 하고 짧게 대답했다. "도시코가 와 있으니까 저녁밥은 도시코와 드시면 돼요."라고 계단 중간에 멈춰 서서 아내가 말했다. 나는 "당신은 어떻게 할 거야?"라고 심술궂게 물었다. 아내는 "저는 다녀와서 먹을게

요. 기다려 주시면 같이 먹겠지만요."라고 했지만 "난 먼저 먹을게. 당신도 먹고 와도 돼. 마음 놓고 있다 와도 돼."라고 나는 대답했다. 나는 문득 그녀가 어떤 차림을 하고 있는지 보고 싶어져서, 갑자기 복도에 나가서 계단을 내려다보았다. 그녀는 이미 계단을 다 내려갔지만, 어제는 그 진주 귀걸이를 벌써 집 안에서 하고 있었다. (내가 복도로 나올 줄은 예상하지 못했던 것이다.) 그리고 왼손에 하얀 레이스 장갑을 끼었고, 오른손에 나머지 한 짝을 끼우려던 참이었다. 일전에 그녀가 들고 있던 쇼핑백 속에 있던 물건이 바로 저것이었구나 생각했다. 그녀는 내가 뜻하지 않은 상황을 본 것이 거북해 보였다. "엄마, 잘 어울려요."라고 도시코가 말했다. …… 6시 30분이 지나서 식사 준비가 다 됐다고 할멈이 알리러 왔길래 거실에 내려가자, 도시코가 기다리고 있었다. "아직 있었냐? 밥은 혼자 먹어도 되는데."라고 하자 "가끔은 아빠하고 식사라도 하면서 상대를 해 드려야 한다고 엄마가 말씀하셨어요."라고 한다. 뭔가 하고 싶은 말이 있다는 것을 눈치챘다. 정말이지 도시코와 단둘이서 저녁 식사 자리에 앉는 것은 드문 일이다. 그러고 보니 저녁 식사 때 아내가 외출을 한 것도 희한한 일이다. 아내는 요즘 외출이 잦아졌지만 저녁 식사 때는 늘 집에 있다. 집을 비우는 것은 대개 저녁 식사 전이나 후다. 그런 탓인지 뭔가 빈자리가 생긴 듯한 쓸쓸함을 느꼈다. 이런 기분이 든 적은 거의 없다. 도시코가 있는 것이 오히려 더 빈자리를 실감하게 하기 때문에 실은 달갑지는 않은 호의였지만, 도시코라면 거기까지 다 내다보았을지도 모른다. 테이블에 앉더니 도시코가 "아빠, 엄마가 어디 갔는지 아세요?"라며 말문을 열었다. "몰라. 그런 것까지는 알고 싶지 않으니까 말이야."라고 하자, 재빨리 "오사카예요."라고 말하고 반응을 살폈다. 엉겁결에 그만 "오사카?"라고 말하려다 꾹 참고는 "음, 그렇군." 하고 애써 아무렇지 않은 듯 대답했다. 산조에서 구 게이한(京阪)[10] 특급을 타면 사십 분 만에 교바시에 도착한다. 그리고 그 집은 걸어서 5~6분 되는 곳에 있다. — "더 자세하게 가르쳐 드릴까요?"라고 했지만, 가만히 있으면 이야기를 계속할 것 같아서 "그런 얘기는 안 들어도 돼. 넌 어떻게 그걸 알고 있지?"라며 화제를 다른 곳으로 돌렸다. "적당한 장소가 있는 곳을 제가 가르쳐 주었어요. 기무라 씨가 교토에서는 사람들 눈에 띄기 쉬우니까 교토에서 멀지 않은 곳이 어디 없겠느냐고 물어서, 아프레(après-guerre)[11]하고 그런 일에 밝은 친구에게 부탁해서 알아봤어요."라고 했다. 그리고 도시코는 "아빠, 조금 드시겠어요?"라며 쿠르부아지에를 따라 주었다. 요즘 브랜디는 사용하지 않는데, 어제 도시코가 식탁에 갖다 놓았다. 나는 멋쩍은 기분을 숨기며 한 모금 마셨다. "꼬치꼬치 캐묻는 것 같지만 아빠는 어떻게 생각하세요?"라고 도시코가 물었다. — 어떻게 생각하다니, 뭘? — 엄마가 지금도 아빠를 배신하지 않았다고 한다면 믿어 주실 생각이세요? — 엄마가 너하고 그런 얘기를 한 적이 있냐? — 엄마는 하지 않으세요. 기무라 씨한테서 들었죠. "사모님은 선생님

10 교토와 오사카를 합쳐 부르는 말.

11 아프레게르(전후 세대): 전후에 자란 경박한 여자. 말괄량이.

에 대해 아직 정절을 지키고 계세요."라고 그 사람이 말했어요. 그런 어이없는 얘기 저는 곧이듣지 않지만요. — 도시코가 또 와인글라스에 술을 가득 채웠기 때문에 나는 주저 않고 잔을 비웠다. 아직 얼마든지 마실 수 있는 기분이었다.

네가 곧이듣든 말든 그건 네 맘이지. — 아빠는 어떠세요? — 나는 두말할 필요도 없이 이쿠코를 믿어. 설령 기무라가 이쿠코를 더럽혔다 하더라도 그런 말은 믿지 않아. 이쿠코는 나를 배신할 수 있는 여자가 아니야. — 도시코가 "후후." 하고 속으로 살짝 웃는 소리를 냈다.

하지만 만약 더럽혀지지는 않았다 하더라도 더럽혀지는 것보다 훨씬 더 불결한 방법으로 어떤 만족을…… — "그만두지 못하겠니? 도시코!"라고 야단을 쳤다. — 건방진 소리 마라. 부모에게 할 수 있는 말이 있고 없는 말이 있어. 그런 말을 하는 너야말로 아프레야. 너야말로 더러운 년이야. 볼일 다 봤으면 돌아가. — 도시코는 "돌아가죠."라고 하고는 밥을 푸다 말고 밥통에 집어던지고 나가 버렸다. ……

…… 도시코에게 허를 찔린 후 오랫동안 마음의 동요가 진정되지 않았다. 도시코가 "오사카예요."라고 느닷없이 폭로했을 때 명치 부근이 푹 패는 느낌이 들었는데 언제까지고 그 느낌이 계속되었다. 그렇다고 해도 내가 그런 상상을 전혀 하지 않았던 것은 아니다. 상상하면서도 애써 그것을 생각하지 않으려고 했는데 갑자기 확실한 이야기를 듣게 되자 가슴이 뜨끔했다고 하는 편이 솔직한 기분인지도 모른다. 밀회 장소가 오사카라는 이야기는 처음 들었다.

그것이 어떤 집인지, 보통의 품격 있는 여관인지 아니면 유흥업소인지 아니면 더 수준이 낮은 온천 표식이 달린 곳인지 — 생각하지 않으려고 해도 그 집의 모습, 실내의 공기, 두 사람이 자는 모습까지 모두 떠오르는 것을 어찌할 수가 없었다. …… '아프레한 친구에게 물어봤다고?' — 나는 어쩐지 사각형 벽으로 둘러싸인 아파트식의 싸구려 방 한 칸을 연상하고 다다미가 아니라 침대에서 자고 있는 모습을 그렸다. 이상한 일이지만 다다미방에 이불을 깔고 자는 것보다 침대에서 자는 것이 더 어울릴 것 같은 기분이 들었다. '무엇인가 이상하게 부자연스러운 방법' — '더럽혀진 것보다 한층 더 불결한 방법' — 여러 가지 자세, 다양한 팔다리의 위치가 떠올랐다. …… 도시코가 그렇게 느닷없이 폭로를 한 것은 왜일까. 그것은 그녀 자신의 의지가 아니라 이쿠코가 시켜서 한 이야기가 아닐까 하는 의문이 들었다. 이쿠코가 그 일을 자기 일기에 쓰는지 어떤지 모르겠지만, 쓴다 하더라도 내가 그것을 읽지 않고(어쩌면 읽지 않는 척을 하고) 있는 것을 두려워하여 어쩔 수 없이 내게 그런 사실을 인식시키기 위해 도시코를 이용한 것일까? 가장 중요한 것은 — 그리고 가장 걱정이 되는 것은 — 이번에야말로 이쿠코는 모든 것을 기무라에게 다 바쳐 버린 것은 아닐까, 그리고 도시코의 입을 빌려 나에게 그에 대해 양해를 구하고 있는 것은 아닐까 하는 점이다. "그런 바보 같은 말은 곧이듣지 않는다."라는 도시코의 말은 이쿠코가 시킨 것이 아닐까? …… 지금 생각하니 '그녀가 많은 여성 중에서도 지극히 드문 기구의 소유자임'을 일기에 쓴 것은 잘못이었다. 역시 그 이야기는 쓰지 않는 편이 좋았다. 그 기구를 남편 이외의 남성에게 시험해 보고 싶은 호기심을 그녀가 과연 언제까지 견딜 수 있었을까? …… 지금까지 아내의 정절을 믿고 의심하지 않은 유일한 이유는 그녀가 어떤 경우에도 나와의 정교를 거부하지 않는 데 있었다. 그녀가 어딘가에서 그를 만나고 온 사실이 분명할 때에도 그날 밤 남편이 달려들면 물러서는 기색을 보인 일이 한 번도 없었다. 아니, 그 정도가 아니라 오히려 달려든다. 그것이 아내가 그와 실사(實事)를 치르지 않은 증거인 것 같았는데, 다른 여성이라면 몰라도 나의 아내는 오후에 그런 일을 하고 밤이 되어 또 그런 일이 있어도 — 그런 날이 며칠 동안 계속되어도 끄떡없는 체질이다. 사랑하는 상대와 만난 후라면 싫어하는 상대와 일을 치르는 것이 견딜 수 없는 가책일 테지만 아내는 예외였다. 그녀가 나를 거부해도 그녀의 육체는 거부할 줄을 모른다. 거부하려 해도 유혹을 견디지 못하고 오히려 기꺼이 맞이한다. 그런 점이 음탕한 여자 중의 음탕한 여자인 아내의 기질임을 나는 간과하였던 것이다. ……

어젯밤 아내가 귀가한 것은 9시였다. 내가 11시에 침실에 들었을 때, 그녀는 이미 침대에 누워 있었다. …… 나는 예상 이상으로 적극적인 그녀에게 놀랄 수밖에 없었다. 나는 완전히 수세에 몰려 있었다. 정사를 나눌 때의 태도, 반응, 애무법 등이 흠잡을 데 없었다. 교태를 부리는 방법, 도취로 이끄는 방법, 점차 엑스터시로 끌어올리는 기교의 단계, 이 모든 것이 그녀가 그 행위에 혼신을 다한다는 증거였다. ……

4월 15일

…… 내 두뇌가 하루하루 망가져 가고 있음을 나도 알고 있다. 정월 이래 다른 모든 것을 제쳐 두고 아내를 기쁘게 하는 데에만 열정을 쏟았더니, 어느새 음욕 이외에는 아무것에도 흥미를 느끼지 못하게 되었다. 사고하는 능력이 완전히 떨어져서 한 가지 일을 5분 이상 지속해서 생각할 근력이 없다. 머리에 떠오르는 것은 아내와의 잠자리에 관한 갖가지 망상뿐이다. 예전부터 어떤 경우에도 독서를 그만둔 일이 없었는데 종일 아무것도 읽지 않고 있다. 그러면서도 오랜 습관 때문에 책상에 앉아만 있다. 눈은 책을 보고 있지만 전혀 읽지 않는다. 무엇보다 눈이 가물가물하여 글을 읽는 것이 몹시 힘들다. 글자가 이중으로 보이기 때문에 같은 줄을 몇 번이나 읽는다. 나는 지금 밤에만 살아 있는 동물, 아내와 포옹하는 것 이외에는 능력이 없는 동물로 바뀌어 버렸다. 낮 동안에 서재에 틀어박혀 있을 때에는 참을 수 없는 권태를 느끼는 한편, 이루 말할 수 없는 불안감이 엄습해 온다. 밖에서 산책을 하고 있으면 어느 정도 불안감이 해소되지만, 그 산책도 점점 마음대로 되지 않는다. 현기증이 심해서 보행이 곤란해지는 일이 종종 있기 때문이다. 길 위에 벌러덩 쓰러지는 일도 있다. 산책을 하러 나가도 너무 많이 걷지 않도록 하고, 될 수 있으면 통행이 적은 햐쿠만벤, 구로다니(黑谷), 에이칸도(永觀堂) 근처에서 지팡이를 짚고 하며, 주로 벤치에서 쉬면서 시간을 때운다. (다리의 힘도 약해져서 좀 많이 걸어도 바로 지친다.) ……

…… 오늘 산책에서 돌아와 보니 거실에서 아내가 양복점의 가와이 여사와 이야기하고 있다. 내가 차를 마시러 들어가려 하자 "지금 들어오지 마시고 2층에 올라가 계세요."라고 한다. 들여다보니 아내에게 양장을 입히고 있다. 자꾸만 2층으로 가라고 해서 서재로 올라갔다. "잠깐 나갔다 올게요."라고 아래층에서 아내 목소리가 났다. 그녀와 가와이 여사가 나가는 모양이다. 2층 창에서 길을 걸어가는 두 사람을 내려다보았다. 양장을 입은 아내를 보는 것은 처음이다. 며칠 전부터 화복에 액세서리를 했던 것은 이것을 위한 준비였던 것이다. 솔직히 말해서 아내에게 양장이 어울린다고 하기는 어렵다. 볼품없고 키 작은 가와이 여사에 비하면 우아한 몸매의 아내 쪽이 더 어울릴 것 같지만 몸에 익숙하지 않은 느낌이다. 여사는 익숙해서 옷매무새가 좋다. 아내에겐 그 귀걸이와 레이스가 달린 장갑이 화복을 입었을 때만큼 어울리지는 않는다. 화복이라면 그것이 오히려 이국적이게 느껴졌을 텐데 양복이 되니 부자연스러워 보이고 갖다 붙인 것 같아서 몸에 착 감기지 않는다. 옷과 몸과 액세서리가 따로따로 노는 느낌이다. 요즘에는 화복을 양장처럼 차려입는 것이 유행인 듯한데 아내는 반대로 양장을 화복처럼 입고 있다. 양장 속으로 화복에 어울리는 몸매가 비쳐 보인다. 어깨가 너무나도 동그랗고, 특히 안짱다리는 영 아니다. 날씬하고 깔끔하기는 하지만 무릎 아래에서 복사뼈에 이르는 선이 바깥쪽으로 휘어 있고 신발을 신은 발목과 정강이의 접합 부분이 묘하게 푸석푸석 부어 있다. 게다가 손을 잡은 모습, 걸음걸이, 고개를 끄덕이는 모양, 어

깨나 몸통을 움직이는 모습 등 모든 몸가짐이 화복에나 어울릴 법하게 나긋나긋하여 야무지지 못하다. 그러나 내게는 또 그 나긋나긋하고 야무지지 못한 몸가짐, 엉성하게 뒤틀린 다리의 곡선이 묘하게 요염하게 느껴지는 것도 사실이다. 이러한 이상한 요염함은 그녀가 화복을 입어서는 드러나지 않는다. 나는 저쪽으로 걸어가는 아내의 뒷모습을 바라다보면서 — 특히 스커트 아래에서 복사뼈 부근까지 이어지는 곡선미에 홀려 그걸 정신없이 바라보면서 오늘 밤의 일에 대해 생각하고 있었다. ……

4월 16일

…… 오전 중에 니시키로 장을 보러 갔다. 나는 습관적으로 직접 식료품을 사러 다녔지만 그것도 벌써 오랫동안 게을리하고 있었다. — 요즘에는 만사를 할멈에게 맡겨 놓았는데, 왠지 남편에게 미안하고 주부의 소임을 소홀히 하는 느낌이 들어서 오랜만에 외출을 했다. (하지만 내게는 장을 보는 것보다 더 중요한 소임, 즉 남편을 기쁘게 해야 할 급한 용무가 기다리고 있었기 때문에 좀처럼 니시키에 갈 새가 없었다.) 단골 채소 가게에서 죽순과 누에콩 그리고 완두콩을 조금 샀다. 죽순을 보고 생각이 난 일인데, 올해는 끝내 꽃이 핀 줄도 모르고 지나가 버렸다. 작년에는 확실히 도시코와 둘이서 꽃구경을 하며 수로변을 긴카쿠지(銀閣寺)[12]에서 호넨인(法然院) 쪽으로 걸은 적이 있

12 교토를 대표하는 절로, 긴카쿠지를 지은 아시카가 요시미쓰(足利義滿)의 손자인 아시카가 요시마사(足利義政)가 지은 산장을 지쇼지(慈照寺)로 개축(1843)한 것이다.

다. 이제 그 주변의 꽃은 하나도 남지 않고 졌으리라. 올해는 얼마나 분주하고 정신없는 봄을 보냈는지, 눈 깜짝할 사이에 두세 달이 휙 지나가 버렸다. …… 11시에 돌아와서 서재의 꽃을 갈아 꽂았다. 오늘은 마담이 마당에 있는 미모사를 보내 주어 그것으로 바꾸었다. 남편은 지금 막 일어났는지 내가 꽃을 꽂고 있을 때에야 겨우 2층으로 올라왔다. 남편은 아침에 일찍 일어나는 편인데 요즘에는 이런 식으로 늦잠을 자는 일이 자주 있다. "지금 일어나셨어요?"라고 하자 "오늘이 토요일이었던가?"라고 하고는 아직 잠이 덜 깬 졸린 목소리로 "내일은 아침부터 나갈 거지?"라고 물었다. (하지만 실은 잠이 덜 깬 것은 아니다. 몹시 신경을 쓰는 것이다.) 나는 긍정도 아니고 부정도 아닌 대답을 입속으로 우물우물했을 뿐이다. ……

2시쯤 현관에서 "실례합니다."라는 목소리가 나고 낯선 남자가 들어왔다. 이시즈카(石塚) 치료원에서 왔다고 한다. 지압 치료사라고 한다. 아무도 그런 사람을 부르지 않았을 텐데, 하고 생각하자니, 할멈이 나와서 "주인 양반께서 불러 달라고 하셔서 제가 불렀습니다."라고 한다. 참 신기한 일도 다 있다. 남편은 옛날부터 모르는 사람에게 팔다리, 허리를 주무르게 하는 것을 싫어하는 성격이라서 안마나 마사지를 한답시고 낯선 이에게 몸을 내어 준 적이 없었기 때문이다. 할멈에게 물어보니, 며칠 전부터 주인 양반께서 어깨가 결려 목이 돌아가지 않을 정도라고 하시길래, 아주 솜씨 좋은 지압 선생이 있는데 속는 셈 치고 한번 해 보시라고, 그게 정말이지 신기할 정도로 한두 번 만에 거짓말같이 낫는다며 열심히 권했다고 한다. 그랬더니 어지간히 괴로웠는지 그럼 그 사람을 불러 달라고 하셔서 불렀다고 한다. 오십 정도 되고 인상은 별로 좋지 않은, 검은 안경을 쓴 마른 남자다. 맹인인가 싶었는데 그렇지 않은 것 같았다. 내가 무심

결에 '안마 아저씨'라고 불렀더니, 할멈이 황급히 "안마 아저씨라고 하면 기분 나빠 해요. 선생님이라고 불러 주세요."라고 한다. 침실에서 남편을 침대에 눕혀 놓고, 자기도 침대에 올라가서 치료를 한다. 희고 청결한 가운을 입고 있지만, 어딘지 모르게 지저분한 느낌. 남편이 안마를 싫어하는 것도 당연하다고 생각한다. "엄청 뭉쳤군요. 바로 편안하게 해 드리지요."라고 한다. 묘하게 잘난 척하는 것이 우스꽝스럽다. 2시부터 시작해서 4시 무렵까지 거의 2시간이나 주물렀다. "이제 한두 번이면 편안해질 겁니다. 내일도 오겠습니다."라고 하며 돌아갔다. 남편에게 "어때요?"라고 물으니, "어느 정도 풀리기는 했는데 온몸이 아파서 기분이 좋지는 않아."라고 했다. "내일도 온다고 했다면서요."라고 하자 "뭐, 한두 번 해 보지."라고 했다. 어지간히 괴로운 모양이다. ……

"내일은 아침부터 외출할 거지?"라는 말을 듣고 보니 "오늘도 금방 외출할 거예요."라고 말하기는 좀 어려웠지만, 그럴 수도 없는 사정이 있어서 4시 반 무렵에 양장을 하고 귀걸이를 한 귀를 일부러 침실 쪽으로 디밀고 "다녀올게요."라는 표정을 지어 보였다. "여보, 산책은?" 하며 겸연쩍은 듯 물어보았다. "음, 나도 나갈 거야."라고 하면서 남편은 지압 후 노곤한지 아직 침대에 누워 있었다. ……

4월 17일

남편에게 중대한 사건이 일어난 날은 내게도 중대한 날이다. 어쩌면 오늘 일기는 평생 잊을 수 없는 추억이 되지 않을까 싶다. 따라서 오늘 하루는 크고 작은 사건을 숨김없이 극명하게 적어 두고 싶지만, 그렇다고 해서 서두르는 것은 좋지 않으리라. 지금으로서는 역시 오늘 아침부터 저녁까지 내가 어디서 어떤 식으로 시간을 소비했는지에 대해 너무 자세하게 쓰지 않는 편이 현명할 터다. 어쨌든 나는 이 일요일을 어떻게 보낼지 전부터 계획을 짜 두었기 때문에 계획대로 보냈다. 나는 언제나처럼 오사카의 그 집에 가서 기무라 씨를 만나 반나절 동안 즐거운 시간을 보냈다. 어쩌면 과거의 그 어떤 일요일보다 즐거웠는지 모른다. 나와 기무라 씨는 온갖 비밀스러운 놀이를 마음껏 즐기며 놀았다. 나는 기무라 씨가 해 달라고 하는 것은 무엇이든지 다 했다. 무슨 일이든지 그의 주문대로 몸을 비틀었다. 남편이 상대라면 도저히 상상할 수도 없는 파격적인 자세, 기발한 위치에 몸을 가져가서 곡예사 같은 흉내를 내기도 했다. (도대체 내가 언제 이렇게 자유자재로 사지를 다루는 기술을 익힌 것인지 스스로도 아연실색할 수밖에 없었지만, 그것도 모두 기무라 씨가 가르쳐 준 것이다.) 평소에는 그와 그 집에서 만나면 헤어지기 직전까지 1분 1초를 아까워하며 전력을 다해 그 일에 열정을 기울이고 쓸데없는 이야기는 전혀 하지 않는데, 오늘은 문득 "이쿠코 씨 무슨 생각하세요?"라고, 기무라가 재빨리 눈치를 채고 내게 물은 순간이 있었다. (기무라는 훨씬 전부터 나를 이쿠코 씨라고 부른다.) 나는 "아니, 별생각 안 해요."라고 했지만, 그때 전에 없이 남편의 얼굴이 얼핏 내 눈앞을 스쳤다. 왜 하필 이럴 때 남편의 얼굴이 떠올랐는지 신기했지만, 내가 열심히 그 환영을 지우려고 애쓰자 "알겠습니다. 선생님 생각을 하고 계시는군요."라고 하며 기무라가 콕 찔러 말했다. "어찌 된 셈인지 저도 선생님이 신경 쓰이던 참입니다." — 그렇게 말하고 기무라는, 그때 일 이후로 면목이 없어서 찾아뵙지 못하고 있는 터라 조만간 찾아뵈려고 생각하였다, 실은 고향에 편지를 보내 소금에 절인 숭어알을 보내 달라고 부탁해 두었는데 아직 못 받았느냐고 물었다.

이야기는 거기서 뚝 끊기고 우리는 다시 향락의 세계로 빠져들었는데 지금 생각하면 그것은 뭔가, 어떤 예감이 들어서 그랬던 것인지도 모른다. …… 5시에 내가 돌아왔을 때 남편은 외출 중이었다. 할멈에게 물어보니, 오늘도 지압 선생이 와서 2시부터 4시 반 정도까지 어제보다 30분 이상이나 더 오래 치료를 했다. 어깨가 이렇게 심하게 뭉친 것은 혈압이 높다는 증거인데, 의사가 처방하는 약은 듣지 않을 것이다. 아무리 훌륭한 대학 교수에게 진찰을 받아도 그렇게 간단하게 나을 리가 없다. 그보다는 자신에게 맡기면 책임지고 고쳐 주겠다. 자기는 지압뿐 아니라 침이나 뜸도 시술한다. 우선 지압을 해서 듣지 않으면 침을 놓겠다. 현기증은 하루만에 효험이 나타날 것이다. 그 남자가 이런 이야기를 했다고 한다. 혈압이 높다 해도 신경질적으로 빈번하게 재는 것은 좋지 않다. 신경을 쓰면 혈압은 계속 올라간다. 200이나 240~250이 되어도 섭생에 신경 쓰지 않고 아무렇지도 않게 사는 사람은 얼마든지 있다. 쓸데없이 신경 쓰지 않는 것이 좋다. 술이나 담배도 약간이라면 해도 지장 없다. 당신의 고혈압은 절대로 악성이 아니기 때문에 괜찮으며, 쉬이 좋아질 거라고 했다나 어쨌다나. 남편은 완전히 그 남자에게 마음을 뺏겨 버려서 당분간은 앞으로 매일 와 달라고 하며, 이제 의사는 오지 말라고 하리라고 했단다. 6시 30분에 남편이 산책에서 돌아와서 7시에 둘이서 식사를 했다. 햇죽순으로 끓인 국, 소금물에 데친 누에콩, 완두콩과 말린 두부 요리 — 어제 니시키에서 사 온 재료를 할멈이 요리한 것이다. 그 외에 반 근 좀 덜 되는 살치살 비프스테이크(채소를 주로 하고, 지방이 농후한 것은 삼가라는 주의를 받고 있으나 남편은 나를 상대하기 위해 매일 거르지 않고 쇠고기를 얼마간 섭취하고 있다. 전골, 쇠기름 구이, 로스트 등 여러 가지인데 반쯤 익혀 피가 뚝뚝 떨어지는 스테이크를 가장 즐겨 먹는다. 취향이라기보다는 필요에 의해서 먹기 때문에 거르면 불안한 모양이다.) — 스테이크는 익히는 정도를 조절하는 것이 까다롭기 때문에 내가 있을 때는 대개 내가 굽는다. 드디어 숭어알이 도착했는지 그것도 상에 올라와 있었다. '이게 있으니까 한잔할까?' 하는 형국이 되어 쿠르부아지에를 가지고 왔지만 많이 마시지는 못했다. 일전에 내가 없는 사이, 도시코와 싸웠을 때 남편이 술병을 거의 다 비워 버려서 바닥에 아주 조금 남아 있던 것을 둘이서 한 잔씩 비웠다. 그러고 나서 남편은 다시 2층으로 올라갔다. 10시 30분에 목욕물을 다 데웠다고 2층에 알렸다. 남편이 목욕을 한 후에 나도 목욕을 했다. (나는 두 번째다. 아까 오사카에서 목욕을 했기 때문에 다시 할 필요는 없었으나 남편에 대한 예의로 했다. 지금까지 그런 일은 몇 번이나 있었다.) 내가 침실에 들었을 때 남편은 이미 침대에 있었다. 그리고 내 모습을 보자 곧 플로어 스탠드를 켰다. (남편은 요사이 그때 외에는 침실을 밝게 하는 것을 별로 좋아하지 않았다. 그것은 동맥 경화의 영향이 눈에도 나타나 주위 사물이 눈동자에 번쩍번쩍 이중, 삼중으로 비쳐 시각을 강하게 자극하는 나머지 눈을 뜨고 있을 수 없기 때문이다. 그래서 용건이 없을 때는 불빛을 희미하게 해 두고, 오로지 그때만 형광등을 잔뜩 켠다. 형광등 수는 전보다 늘어나서 그때는 굉장히 밝다.) 남편은 갑자기 밝아진 불빛 아래에서 나를 발견하고 깜짝 놀라 눈을 껌뻑였다. 목욕을 마치고 나오자 문득 생각이 나서 귀걸이를 하고 침대에 올라가 남편 쪽으로 등을 돌리고 일부러 귓불 뒤쪽을 보이게 한 채로 누워 있었기 때문이다. 지금까지 보여 주지 않았던 것을 보여 주면, 정말이지 그런 사소한 행위로도 남편은 단순하게 금방 흥분한다. (남편은 나를 세상에 드문 음탕한 여자인 것처럼 말하지만, 내 입장에서 말하자면 남편만큼 끊임없이 욕망에 굶주린 남자도 없다. 아침부터 밤까지 남편은 늘 그 일만 생각하고 있어서 나의 지극히 사소한 암시에도 바로 반응을 보이고야 만다. 틈만 나면 즉시 덮친다.) 얼마 안 있어 남편이 침대로 올라와 뒤에서 나를 끌어안고 귀 뒤쪽에 거세게 키스를 퍼붓는 것을 눈 감은 채 허락했다. …… 나는 어떤 의미로든 사랑한다고는 할 수 없는 이 '남편'이라는 사람에게 내 귓불을 만지게 허락한 것을 절대로 불쾌하게 생각하지 않았다. 기무라와 비교하면 얼마나 서툰 솜씨인가 생각하면서도 이상하게도 근질거리는 '남편'의 혀 감촉을 그렇게 덮어놓고 기분 나쁘게만은 생각하지 않고 — 뭐, 말하자면 그 징그러운 점에도 일종의 달콤함이 있다는 식으로 여기면서 즐겼다. 나는 '남편'을 진심으로 싫어하는 것이 틀림없지만, 이 남자가 나를 위해 열중하고 있다는 사실을 알고는 그에게 미칠 정도로 희열을 느끼게 해 주는 데도 흥미가 생겼다. 즉 나는 애정과 음욕을 완전히 별개로 처리할 수 있는 성질을 갖고 있기 때문에 한편으로는 남편을 소홀히 하면서도 — 얼마나 징그러운 사람인가 하고 그를 보면 구역질을 하면서도, 그런 그를 환희의 세계로 이끌어 줌으로써 나 역시 어느새 그 세계로 들어가 버린다. 처음에는 대단히 냉정하게 단지 어떻게 하면 남편의 마음을 더 어지럽힐 수 있을까 오로지 그 재미에만 이끌려, 그가 당장이라도 발광할 것처럼 신음하는 모습을 심술궂게 관찰하면서 내 기술의 교묘함에 스스로 취해 있었는데, 그러는 동안 차차 나도 그와 마찬가지로 신음 소리를 내며 똑같이 마음이 어지러워진다. 오늘도 낮에 기무라와 연출한 바보 놀이를 하나하나 그대로 다시 한 번 남편을 상대로 연출해 보여 주고, 그와 기무라가 어떤 점에서 어떤 식으로 다른지를 구별하며 즐기는 데 흥미를 느꼈지만 — 그리고 낮의 상대에 비해 기술이 형편없는 데 연민마저 느꼈지만 어찌 된 셈인지 그렇게 하는 동안 결국 낮하고 똑같이 흥분해 버리고 말았다. 그리고 기무라를 끌어안았을 때와 같은 힘으로 강하게 끌어안고 이 남자의 목에 열심히 들러붙었다. (바로 이 점이 음부(淫婦)를 음부답게 하는 이유라고 이 남자는 말할 것이다.) 몇 번이나 그를 안았는지 기억하지 못한다. 하지만 내가 몇 분 동안 지속한 하나의 행위를 완수한 순간 남편의 몸이 갑자기 흐물흐물 풀어지며 내 몸 위로 무너져 내려왔다. 나는 곧 이상한 일이 일어났음을 눈치챘다. '여보!' 하고 불러 보았지만 그는 입안에서 우물거리는 무의미한 소리를 낼 뿐이었고, 미지근한 액체가 내 볼 위로 뚝뚝 떨어졌다. 그는 입을 벌리고 침을 흘렸다. ……

4월 18일

…… 나는 즉시 이런 일이 일어났을 때의 수칙으로 일찍이 고다마 씨에게 들은 내용을 떠올렸다. 나는 그의 밑에 눌려 있던 내 몸을 조용히 빼냈다. (그의 몸은 이완되고 나서 갑자기 체중이 늘어난 것처럼 묵직하게 널브러졌다. 나는 그의 머리 부분을 될 수 있는 한 움직이지 않게 하면서 그의 얼굴 아래에 있는 내 얼굴을 애써 빼냈다. 아니 그 전에 그의 안경이 방해가 되어서 그것을 제일 먼저 벗겼다. 눈을 반쯤 뜨고 안면 근육이 완전히 이완된 그때, '안경을 쓰지 않은 얼굴'의 징그러움이란 말로 표현할 수 없을 정도다.) 나는 혼자 침대에서 내려와 엎어진 그를 주의 깊게, 지극히 서서히, 누운 자세로 바꾸었다. 머리 부분을 약간 높게 지지하기 위해 베개와 쿠션을 상반신 아래 넣어 주었다. 안경 외에는 온몸에 실오라기 하나 걸치지 않았지만(나도 그때까지 귀걸이 외에는 아무것도 몸에 걸치지 않았다.) 안정을 취하는 것이 절대 조건임을 고려하여 역시 벌거벗은 채로 놓아두고 그 위에 잠옷을 살

짝 덮어 두었다. — 왼쪽 전신에 마비가 왔음을 알 수 있었다. — 시간을 기억해 두려고 책장 위 시계를 보았다. 오전 1시 3분이었다. 정신을 차리고 형광등을 끈 뒤 나이트 테이블의 작은 스탠드만을 켜고 갓 위를 천으로 덮었다. 세키덴초의 고다마 선생님에게 바로 와 달라고 전화를 하고 도시코에게는 도중에 얼음 가게 주인을 깨워 얼음 두 관을 사 오라고 했다. (나는 상당히 침착한 줄 알았는데 수화기를 든 손이 떨리고 있었다.) 약 40분 후에 도시코가 왔다. 내가 부엌에서 얼음주머니와 얼음 베개를 찾고 있자니, 그녀는 얼음을 들고 들어와서 싱크대 위에 놓고 반짝이는 눈으로 내가 어떤 표정을 하고 있는지를 재빨리 파악했다. 그러고는 모르는 척하며 얼음을 깨기 시작했다. 나는 그녀에게 아빠 상태를 간략하게 설명했다. 그녀는 안색 하나 바꾸지 않고 새삼 놀랄 것 없다는 표정으로 "흠, 흠." 하고 끄덕이며 얼음 깨는 작업을 계속했다. 그러고 나서 둘이 침실로 가 마비된 쪽의 반대편을 식히려고 얼음주머니와 얼음 베개를 댔다. 두 사람 모두 필요 이상의 말은 한마디도 나누지 않았다. 서로 얼굴을 보려고 하지도 않았다. — 보는 것을 애써 피했다.

2시에 고다마 씨가 왔다. 나는 머리맡에 도시코만 남기고 병실 밖에서 고다마 씨를 맞아 남편이 어떤 상태에서 발병했는지를 — 도시코에게는 이야기하지 못했던 사항을 대강 이야기했다. 나는 또 얼굴이 빨개졌다. 고다마 씨의 진찰은 상당히 조심스럽고 신중했다. "회중전등을 빌려 주십시오."라고 하고는 동공을 비추어 빛에 대한 반사를 검사하고 "뭔가 나무젓가락 같은 것 없나요?"라고 물었다. 도시코가 부엌에서 나무젓가락을 가지고 왔다. "잠깐 동안 방을 환하게 해 주세요."라고 하며 형광등을 켜라고 했다. 고다마 씨는 환자 오른쪽 발바닥과 왼쪽 발바닥 표면을 그 젓가락 끝으로 뒤꿈치에서 발끝까지 살살 몇 차례 문질렀다. ('바빈스키 반사'라고 나중에 고다마 씨가 가르쳐 주었다. 나무젓가락으로 문질러 봐서 어느 쪽 발가락이든 반사적으로 뒤로 젖혀질 경우, 그 반대쪽에 뇌일혈이 발생한 것으로 본다. 남편은 오른쪽 뇌 어딘가 일부가 손상되었다고 봐야 한다는 것이었다.) 다음으로 고다마 씨는 환자가 덮고 있던 이불을 걷어 내고 환자 위에 덮어 놓았던 잠옷을 아랫배 부근까지 걷어 올렸다. (고다마 씨와 도시코는 그때 처음으로 남편이 알몸으로 누워 있다는 사실을 알았다. 밝은 형광등 불빛 아래에서 남편의 하반신이 노출되었기 때문에 두 사람은 화들짝 놀란 듯했지만, 나는 더 민망했다. 한 시간 전까지 이 사람의 몸을 내 몸 위에 올려놓고 있었다는 사실이 왠지 믿기지 않았다. 나는 종종 자신의 알몸을 이 사람에게 보여 주고 몇십 번이나 사진까지 찍게 했지만 정작 나는 남편의 알몸 전체를 이런 각도에서 빤히 관찰해 본 적이 없었다. 하려고 생각하면 할 수 있는 일이지만 지금까지 그렇게 하는 것을 애써 피해 왔다. 그가 벌거벗고 있을 때는 가급적 찰싹 달라붙도록 껴안아서 전신이 보이지 않게 했다. 그는 나의 각 부분에 대해 아마 땀구멍 개수까지 두루 꿰고 있는 것 같은데, 그의 몸이 어떤지에 대해서는 기무라의 몸을 구석구석 아는 것처럼 알지 못했고 알고 싶지도 않았다. 알게 되면 점점 더 징그러워지리라 예상했기 때문이었다. 내가 이런 빈약한 몸을 가진 자와 있었던 것일까 하며 이상하게 여겨졌다. 이런 자세로 눕혀 놓고 보니, 날 보고 오 다리라고 했는데 그의 오 다리는 나에 비할 바가 아님을 새삼 깨달았다.) 그리고 고다마 씨는 환자의 양쪽 다리를 1척 5~6촌(약 45센티미터) 정도 간격으로 벌려 고환이 잘 보이도록 했다. 그리고 아까 그 젓가락을 가지고 고환 밑동 양쪽 피부 위를 또 아까처럼 문질렀다. (고환이 달린 근육의 반사를 알아보는 것이라고 나중에 설명해 주었다.) 두 번이고 세 번이고 번갈아 가며 양쪽을 문질렀다. 오른쪽 고환은 천천히, 마치 전복이 꿈틀대듯이 올라갔다 내려갔다 움직이지만, 왼쪽 고환은 별로 운동하는 기색이 없었다. (나도 그렇고 도시코도 그렇고 눈을 어디 두어야 할지 몰랐다. 도시코는 급기야 나가 버렸다.) 다음에 체온과 혈압 검사를 했다. 체온은 보통. 혈압은 190 정도. 이것은 출혈 결과 어느 정도 저하된 수치인 듯하다고 했다.

고다마 씨는 1시간 30분 이상이나 침대 옆 의자에 앉아 경과를 지켜봐 주었다. 그동안 팔의 정맥에서 피를 100그램 뽑았다. 농축 포도당 50퍼센트에 네오피린(기관지 확장제), 비타민B1, 비타민K 등을 주사했다. "제가 오후에 다시 찾아뵙겠지만, 소마 선생님께 한번 와 달라고 부탁드려 보세요."라고 했는데, 그렇지 않아도 나는 그렇게 할 생각이었다. "친척에게 알릴 필요가 있을까요?"라고 하니 "조금 더 상황을 지켜보고 나서 하는 게 좋을 겁니다."라고 한다. 고다마 씨가 떠난 때는 오전 4시. 그를 보내면서 서둘러 간호부를 보내 달라고 부탁했다.

오전 7시에 할멈이 오고, 도시코는 오후에 다시 오겠다며 일단 세키덴초로 돌아갔다.

도시코가 나가는 것을 기다렸다가 기무라의 하숙집에 전화를 걸었다. 용태를 상세하게 알렸다. 지금으로서는 문안을 오는 것은 삼가는 편이 좋겠다는 뜻을 고했다. 마음이 편하지 않으니 잠깐이라도 오고 싶다고 한다. 환자는 반신불수고 언어가 자유롭진 못해도 의식만은 전혀 흐려진 것 같지 않으니, 기무라의 얼굴을 보고 흥분할 염려가 없다고는 장담 못 한다고 사정을 이야기했다. 그러면 병실 안으로는 들어가지 않을 테니 현관까지라도 갈 수 있게 해 달라고 했다.

9시쯤부터 남편이 코를 골기 시작했다. 남편은 코를 고는 버릇이 있는데 오늘은 특별히 요란하게 코를 골아서 여느 때와는 다르게 들린다. 그때까지는 몽롱한 의식이 작용하는 것으로 보였지만, 어느 샌가 혼수상태에 들어간 것 같다. 또한 기무라에게 전화를 해서 이런 정도라면 병실에 들어와도 지장이 없다고 말해 주었다.

11시 무렵 고다마 씨로부터 전화. 소마 박사와 연락을 취했고, 오후 2시에 이쪽으로 왕진하러 가실 거니까 자신도 동석하겠다고 한다. 오후 0시 30분이 지나서 기무라가 왔다. 월요일 수업이 없는 틈을 타서 온 것이다. 병실에 들어와서 30분 정도 머리맡에서 지키고 앉아 있었다. 나도 곁에 붙어 있었다. 기무라는 의자에 앉았고 나는 남편의 침대(내 침대에는 환자가 누워 있기 때문에)에 앉아서 두세 가지 이야기를 주고받았다. 이때 환자의 코 고는 소리가 눈에 띄게 천둥소리처럼 커졌다. (정말 코를 고는 것일까? 문득 그런 생각이 들었다. 내 얼굴에 의구의 빛이 떠오르는 모습을 보고 기무라도 같은 생각을 한 듯한데, 물론 두 사람 모두 입 밖으로 내서 말을 하지는 않았다.) 오후 1시 기무라 물러감. 간호사가 왔다. 고이케(小池)라는 스물네댓 되는 귀여운 여자. 도시코도 옴. 나는 겨우 짬이 나서 그사이에 식사를 했다. 어젯밤 이후 아무것도 먹지 못했다.

2시, 소마 박사 왕진. 고다마 씨도 오셨다. 오늘 아침에 비해 용태가 달라진 점은 혼수상태에 빠진 것과 38도 2부까지 발열을 한 것이다. 박사의 소견도 대체적으로 고다마 씨와 다르지 않은 것 같다. 박사도 '바빈스키 반사'를 검사했지만 고환 양쪽을 문지르는 검사(제환근 반사)는 하지 않았다. 사혈(瀉血)도 지나치게 하지 않는 편이 좋다는 것도 박사의 의견인 듯싶다. 그 외에도 꼼꼼하게 전문 용어로 고다마 씨에게 주의를 주셨다.

박사와 고다마 씨가 떠난 후 오늘도 지압사가 치료를 하러 왔다. 도시코가 나가서 “당신의 치료 덕분에 저희 아버님이 이런 꼴이 되었습니다.”라고 빈정거리듯 말하며 현관에서 쫓아 보냈다. 방금 전 고다마 씨가 “두 시간 이상이나 그런 과격한 지압을 받은 건 좋지 않았어요. 어쩌면 그것이 직접적인 원인이 되었는지도 모릅니다.”라고 한 것을 도시코도 들었기 때문이다. (고다마 씨는 진짜 원인이 다른 데 있다는 것을 알아서, 조금이라도 나를 위로하고자 지압으로 책임을 돌렸는지도 모른다.) “제가 그 사람을 소개한 것이 잘못입니다. 큰 실수를 저질렀습니다.”라고 할멈이 자꾸만 사과를 했다.

3시 넘어서 “엄마 조금 누우시는 게 좋겠어요.”라고 도시코가 말하길래, 잠시 수면을 취하기로 했다. 다만 침실에는 환자가 누워 있고 도시코와 간호사도 자리를 차지하고 있었으며, 이때는 거실에도 출입이 잦았다. 도시코의 방이 비어 있지만 그 아이는 자신이 사용하지 않을 때도 다른 사람이 드나드는 것을 싫어하여 미닫이문과 책 상자, 책상 서랍 등을 모조리 잠궈 두었기 때문에 나도 어지간해서는 들어가는 일이 없다. 그래서 2층 서재를 빌리기로 하고 마룻바닥에 이불을 깔고 잤다. 앞으로 당분간 간호사와 내가 가끔씩 교대로 여기서 자게 될 듯싶다. 이불 속에 들어가 보았지만 도저히 잠을 이룰 수 없을 것 같아서 단념했다. 그보다도 어제 이후의 일들을 적어 두고 싶은 마음에 그사이에 엎드려 일기를 쓴다. (아까 2층으로 올라올 때 그럴 요량으로 필기구와 일기장을 도시코가 눈치채지 못하도록 가지고 온 것이다.) 1시간 30분을 들여 17일 아침부터 지금까지 일어난 일들을 모두 적었다. 그리고 일기장을 책장 속에 숨기고, 지금 잠이 깬 것처럼 아래층으로 내려갔다. 5시 조금 전이다.

병실에 가 보니 환자가 혼수상태에서 정신을 차린 모양이다. 가끔씩 희미하게 눈을 뜨고 주위를 돌아본다. 벌써 이십 분 전부터의 일이라고 한다. 오늘 아침 9시부터 약 일곱여 시간 동안 계속해서 잔 셈이다. 24시간 이상 혼수상태가 지속되면 위험하다고 들었는데 딱 적당했습니다, 라고 고이케 간호사가 말했다. 하지만 좌반신 동작은 여전히 자유롭지 못한 것 같다.

5시 30분 무렵 환자가 입안에서 웅얼거린다. 무슨 말인가 하고 싶은 모양이다. (발음은 명료하지는 않지만 오늘 새벽 발병 직후보다는 좀 알아들을 수 있는 것 같은 느낌이다.) 오른손을 조금 움직여서 배 아래쪽을 가리킨다. 소변을 보고 싶은 것이라고 생각해서 오줌통을 갖다 대 보지만 배뇨를 하지 않는다. 자꾸만 초조해하는 것 같다. "오줌을 누려고요?"라고 묻자 고개를 끄덕이길래 다시 대 보지만 나오지 않는다. 장시간 소변이 들어차 있어서 하복부 팽창으로 괴로울 텐데, 방광이 마비되어 나오지 않는 것 같다. 고다마 씨에게 전화로 지시를 받고 카테터(Catheter)[13]를 주문하여 고이케 씨가 배뇨를 유도해 주었다. 다량의 배뇨가 있었다.

7시, 우유와 소량의 과즙을 빨대를 사용하여 환자에게 주었다. 10시 무렵에 할멈이 자기 집으로 돌아갔다. 가정 사정상 아무래도 잠을 잘 수는 없다고 하며, 부러 그 시각까지 일을 해 준 것이다. 도시코가 저는 어떻게 하죠, 라고 묻는다. 자고 가도 문제는 없지만 자신이 돌아가면 오히려 난처한 일이 생기는 건 아닐까요, 라는 의미가 포함되어 있는 것으로 여겨진다. 자고 가도 되고 안 자고 가도 된다. 환자는 소강상태를 유지하는 듯하니 걱정할 일은 별로 없을 것 같다. 급한 변고가 있으면 알리겠다고 말했다. "그래요."라고 대답하고 그녀도 11시에 세키덴초로 돌아갔다.

13 방광에서 오줌을 뽑아내는 도뇨관.

환자는 꾸벅꾸벅 졸지만 별로 숙면을 취하고 있는 것 같지는 않다.

4월 19일

…… 오전 0시, 고이케 씨와 둘이서 말없이 병실에 있다. 환자에게 빛이 비치지 않도록 램프 불빛 아래서 신문, 잡지 등을 읽으며 시간을 보냈다. 고이케 씨에게 2층에서 조금 쉬라고 권해도 자려고 하지 않는다. 5시쯤 날이 밝고 나서야 겨우 자러 갔다.

비바람막이 덧문 사이로 햇빛이 비쳤기 때문에 환자는 여전히 편안히 잠들지 못하는 것 같다. 어느새 멍하니 눈을 뜨고 내 쪽으로 얼굴을 향하고 있다. 눈으로 나를 찾는 것 같기도 하다. 내가 곁에 있는 의자에 앉아 있는 모습이 보이지 않는 것인지, 보이는데 보이지 않는 척을 하는 것인지 잘 모르겠다. 입을 움직여서 무슨 말인가 하고 있다. 다른 말은 분명하지 않아서 알아들을 수 없지만 한마디는 알아들은 — 것 같다. 기분 탓인지도 모르지만 기 — 무 — 라, 라고 하는 것 같다. 그 후에는 입만 어기적거릴 뿐, '기 — 무 — 라' 부분은 아무래도 그게 틀림없는 듯싶다. (다른 부분도 더 분명하게 말하려고 하면 할 수 있을지도 모른다.) 두세 번 그 말을 반복하고 나서 다시 입을 다물고 눈을 감아 버렸다. ……

7시쯤 할멈이, 조금 뒤에 도시코가 왔다. 8시 무렵 고이케 씨가 일어났다.

8시 반, 환자에게 조식을 먹였다. 미지근한 죽 한 그릇, 달걀노른자, 사과 주스 등. 내가 숟가락으로 떠서 먹여 주었다. 환자는 고이케 씨보다 가급적 내가 수발을 들어 주기를 바라는 것 같았다.

10시 넘어서 요의를 표했다. 오줌통을 갖다 대 보지만, 역시 나오지 않는다. 고이케 씨가 배뇨를 유도하려고 하자 그것이 싫은지 카테터를 저쪽으로 가지고 가라는 듯한 손짓을 한다. 하는 수 없이 다시 오줌통을 갖다 댄다. 십수 분 경과해도 여전히 나오지 않는다. 몹시 초조해하는 기색이다. "기분이 나쁘시겠지만, 이것으로 나오게 해서 처리하시는 편이 좋겠습니다. 그렇게 하세요. 단번에 편해지실 거예요."라고 고이케 씨가 아이를 달래듯 말하며 다시 카테터를 들고 왔다. 환자는 무슨 말인지 알 수 없는 말을 반복하며, 손으로 무슨 뜻인지를 나타내려는 것 같다. 고이케 씨, 도시코, 나, 셋이서 자꾸 물어봤다. 결국 "카테터를 사용할 것이라면 당신이 해 줘. 도시코와 간호사는 저쪽으로 가 있어."라는 말을 내게 하려는 듯하다. 카테터는 간호사가 아니면 사용할 수 없기 때문에 고이케 씨에게 배뇨를 유도해 달라고 해야 한다는 사실을 도시코와 둘이서 간신히 납득시켰다.

정오, 환자가 중식을 취했다. 대략 아침과 비슷한 식사지만 식욕이 상당히 있어 보였다.

오후 0시 30분에 기무라가 왔다. 혼수상태에서 정신을 차린 사실, 의식을 조금씩 회복하고 있는 것 같다는 사실, '기무라'라는 이름을 말하는 듯 여겨진다는 사실 등을 알려 주고, 오늘은 현관에서 돌아가 달라고 했다.

오후 1시에 고다마 씨 왕진, 경과 양호. 아직 마음을 놓을 수는 없지만 이 정도라면 순조로운 것이라고 한다. 최고 혈압이 165, 최저 혈압이 110. 체온은 37도 2부로 저하. 오늘도 바빈스키 반사와 제환근 반사 검사를 한다. (제환근 검사 때 환자가 어떤 표정을 할지 걱정했지만, 멍하고 무감각한 눈동자를 허공으로 향한 채 검사하는 대로 조용히 있었다.) 정맥에 포도당, 네오피린, 비타민 등을 주사했다.

발병 사실에 대해서는 사람들에게 알리지 않으려고 애썼지만, 결국은 학교 쪽으로도 알려져서 오후부터 문안을 오는 손님과 전화 문의가 가끔씩 있었다. 여기저기서 과일 바구니, 꽃다발 등을 받았다. 세키덴초의 마담이 와서 자신의 남편과 같은 병임을 알고 크게 동정해 주었다. 그리고 집 마당에 핀 것이라며 라일락을 놓고 갔다. 도시코가 그것을 꽃병에 꽂아 병실에 들고 가서 "아빠, 마담이 마당에 있는 라일락을 꺾어다 주셨어요."라고 하며 환자에게 잘 보이도록 받침대를 가져다 놓고 거기에 올려놓았다. 선물받은 과일 중에 환자가 좋아하는 귤이 있길래 믹서로 갈아서 즙을 만들어 주었다.

3시, 도시코와 고이케 씨에게 맡겨 두고 2층으로 올라가 일기를 쓰고 나서 수면을 취했다. 오늘은 그야말로 그동안 자지 못한 잠이 밀려와 약 세 시간 내내 정신없이 잤다. …… 도시코, 오늘 밤은 저녁 식사를 하고 얼마 뒤 오후 8시에 돌아감. 할멈, 9시 반쯤 돌아감.

4월 20일

…… 오전 1시, 고이케 씨가 2층으로 자러 갔다. 그 후 나 혼자 병실에 붙어 있었다. 환자는 초저녁부터 비몽사몽 하는 것 같았는데, 고이케 씨가 떠나고 나서 십수 분 후 아무래도 잠을 깬 듯한 낌새였다. 어두침침한 곳에 누워 있어서 확실히 알지는 못했지만 살짝 몸을 뒤척이고 동시에 입을 오물오물하는 듯한 느낌이 들었기 때문이다. 살짝 들여다보니 추측한 대로 어느새 눈을 뜨고 있다. 그 눈은 내 얼굴을 넘어 더 먼 곳을 바라보고 있다. 도시코가 꽂은 그 라일락 — 환자의 시선은 그곳을 향하고 있는 것 같았다. 스탠드 광선

을 차단하여 실내의 극히 일부분만 겨우 신문을 읽을 수 있을 정도로 밝혀 두었는데, 그 밝은 빛이 비추는 곳 가장자리에 라일락이 놓여 희미하게 향기를 풍겼다. — 그 흰 꽃의 그림자를 멍하니 바라보며 무언가 생각하는 눈빛이다. 나는 왠지 모르게 섬뜩한 기분이 들었다. 어제 도시코가 그 꽃을 가지고 와서 "마담이 마당에 있는 라일락을 꺾어다 주셨어요."라고 했을 때, 지금 그런 이야기를 해 주지 않아도 좋을 텐데, 라고 — 도시코는 무슨 생각으로 그런 말을 했는지 모르지만 — 생각했다. 그때 아마 환자는 그 말을 알아들었을 터다. — 알아듣지 못했다 하더라도 그 꽃을 보면 그 나무가 자라고 있는 세키덴초의 마당이 떠오를 것이다. 그리고 그 집의 사랑채를 생각해 내고, 과거 밤에 그곳에서 일어난 사건을 기억해 냈으리라. — 그렇게 생각하는 것은 지나친 일일지도 모르지만 나는 환자의 눈을 보자 뭔가 그 사건과 얽힌 망상이 그 공허한 눈동자에 떠오르는 것은 아닐까 하는 기분이 들었다. 나는 황급히 그 꽃으로부터 스탠드 불을 돌렸다. ……

…… 오전 7시, 라일락 화병을 병실에서 내오고 장미를 꽂은 유리 화병으로 바꿔 놓았다. ……

…… 오후 1시, 고다마 씨가 왕진. 체온 36도 8부로 저하. 혈압은 다시 올라가는 경향을 보여 최고 185, 최저 140. 그래서 네오히포토닌(Neo-hypotonins)[14] 주사. 오늘도 고환 검사가 있다. 현관까지 나가서 고다마 씨와 이야기를 나눴다. 방광이 계속해서 마비되어 오늘 아침에도 고이케 씨가 배뇨를 유도한 일, 배뇨를 유도할 때마다

14 뇌일혈 치료제. 1950년대 뇌일혈 예방약인 히포루틴과 함께 시라이마쓰(白井松) 약품 공업 주식회사의 광고가 확인됨.

환자가 조바심을 낸 일, 사소한 일에 신경이 거슬려 흥분하는 모습을 보인 일, 입과 손발이 마음대로 움직여지지 않아 더 한층 안절부절못하는 것 같다는 점 등에 대해 상담을 했다. 진정과 숙면을 위해 루미날[15]을 사용하기로 했다…….

……오늘은 도시코가 오전 중엔 오지 않고 저녁 5시 무렵에 왔다…….10시 무렵부터 환자의 코 고는 소리가 들리기 시작했다. 이것은 그저께의 이상한 코골이와는 달리, 평소 편안하게 자면서 내는 코골이 소리 같다. 방금 전 저녁 식사 후 주사한 루미날이 들은 것으로 보인다. 도시코는 잠자는 얼굴을 들여다보며 "참 편안하게 주무시는 것 같네요."라고 하고는 얼마 안 있어 돌아갔다. 그러고서 얼마 후 할멈도 돌아갔다. 고이케 씨도 자라고 하며 2층으로 올려 보냈다. 11시 가까이 되어서 전화가 울렸다. 받아 보니 기무라였다. "이런 시각에 실례지만."이라고 한다. (도시코가 지금이라면 나 혼자 있다는 사실을 가르쳐 준 것은 아닐까?) 그 후 용태를 알려 달라고 했다. 경과를 이야기하고, 오늘 밤에는 수면제 주사가 들어서 코를 골며 숙면을 취하고 있다고 알려 주었다. "지금 잠깐 찾아가 얼굴을 뵐 수는 없을까요?"라고 한다. '얼굴'이란 누구의 얼굴일까 하고 생각했다. "오면 내가 뒷문으로 해서 밖으로 나갈 때까지 마당에서 기다려 주면 좋겠어. 현관 초인종을 누르면 안 돼. 나오지 않으면 상황이 난처한 것으로 알고 돌아가길 바라."라고 전화상으로 될 수 있는 한 작은 목소리로 대답했다. 십오 분 후에 희미한 발자국 소리가 들렸다. 환자는 여전히 편안하게 코 고는 소리를 냈다. 그를 뒷문으로 불러들여 식모방에서 삼십 분 정도 이야기했다. …… 병실로 돌아오고 나서도 코

15 독일 바이엘사의 상품명으로 대표적인 숙면제 또는 지속성 최면제.

고는 소리는 여전히 계속되었다. ……

4월 21일

…… 오후 1시, 고다마 씨 왕진. 최고 혈압 180, 최저 혈압 136. 어제보다 또 조금 내려갔지만 여전히 안심할 수는 없다. 적어도 최고 혈압이 170 수준으로 내려가고 최저 혈압과의 차가 50 이상이 되어야 한다고 말씀하신다. 체온은 36도 5부로 겨우 평온을 찾았다. 오늘 아침에는 오줌통을 사용하여 간신히 배뇨할 수 있었다. 식욕이 상당해서 가져가면 무엇이든지 받아들이기는 하지만, 지금으로서는 약간 딱딱한 유동식만 준다. ……

2시, 환자를 고이케 씨에게 부탁하고 2층으로 올라갔다. 일기를 쓰고 나서 5시까지 잤다. 병실에 내려가 보니, 도시코가 와 있다. 5시 반, 저녁 식사 삼십 분 전에 오늘도 루미날을 주사했다. 약이 듣는 것은 네다섯 시간 후이므로 당분간 매일 이 시각에 수면제를 주사하여 야간에 편안히 잘 수 있도록 하는 것이 좋을 거라는 고다마 씨의 의견이 있었기 때문이다. 다만 고이케 씨에게 미리 이야기해서 환자에게는 수면제라는 사실을 알리지 않고 혈압 강하제(血壓降下劑)라고만 하기로 했다. ……

…… 6시, 나이트 테이블에 저녁 식사가 차려지는 광경을 보고, 환자가 무슨 말인가 하려는 듯이 입을 움직였다. 두세 번이나 움직여서 한 가지 말을 했다. 무슨 말인지 알아들을 수가 없었다. 내가 스푼으로 죽을 떠서 가지고 가자 그 손을 제지하듯이 또 말을 한다. 내 시중이 마음에 들지 않는 것인가 하여 도시코가 대신해 보고 고이케 씨도 대신해 보았지만, 시중 때문은 아닌 것 같았다. 그러는

사이, 환자가 하는 말이 무슨 소리인지 알게 되었다. 환자는 아까부터 비-프-스-테-이-크, 비-프-스-테-이-크, 라고 하는 것이다. 갑작스럽지만, 아무래도 그런 말이 틀림없다. 비프스테이크 — 비프스테이크 — 그렇게 말하고, 호소하는 듯한 눈빛으로 나를 흘끔 본 뒤 곧 다시 눈을 감았다. …… 나로서는 환자가 무엇을 호소하는지 대충 상상이 갔지만 다른 두 사람은 알 수 없었으리라. (도시코는 알았을지도 모른다.) 나는 두 사람이 눈치채지 못하도록 환자를 향해 살짝 목을 흔들어 보였다. '지금 그런 생각을 하면 안 된다. 당분간 참아라.'라는 뜻을 전할 생각이었지만, 환자는 그것을 알아들었는지 어떤지……. 어쨌든 환자는 더 이상 그에 대해서는 이야기하지 않고 얌전히 입을 벌리고 내가 먹여 주는 죽을 홀짝홀짝 받아먹었다. ……

8시, 도시코가 돌아가고 9시, 할멈이 돌아갔다. 10시, 환자가 코를 골며 숙면을 취하기 시작했다. 고이케 씨를 2층으로 올려 보냈다. 11시, 마당에서 발소리가 들렸다. 뒷문으로 나가 식모 방에 갔다. 12시, 그가 떠남. 코 고는 소리는 여전히 계속되었다.

4월 22일

…… 병의 증상에는 특별한 변화가 없다. 혈압이 어제보다 또 조금 높다. 밤에는 수면제로 편안히 잠을 자는 것 같지만, 낮에는 어쨌든 머릿속이 몽롱한 듯 걸핏하면 초조해하는 기색이 보인다. 고다마 씨는 하루 열두 시간 이상 수면을 취할 필요가 있다고 하지만, 제대로 숙면을 취하는 것은 예닐곱 시간에 불과할 터다. 그 외의 시간은 자다 말다 하는 것처럼 보이는데, 정말로 자는지 어떤지는 믿을 수 없다. (대체적으로 코를 골지 않을 때는 얕은 잠을 잘 때, 기껏해야 비몽

사몽 상태일 때라고 나는 오랜 경험에 따라 판단하고 있다. 아니, 그 코골이조차도 지금은 가짜 코골이가 아닐까 하고 의심해야 하는 경우가 없지 않다.) 고다마 씨의 허가를 얻어서 내일부터 루미날을 하루에 2회, 오전에 1회, 오후에 1회 사용하기로 했다. ……

…… 평소와 같은 시각에 도시코와 할멈이 떠났다. 10시에 환자의 코골이가 시작되었다. 11시에 마당에서 발소리가 들렸다. ……

4월 23일

…… 발병 이후 오늘로 일주일이 되었다. 오전 9시, 아침 식사 후 고이케 씨가 부엌으로 밥상을 들고 갔다. 나와 둘만 남게 된 틈을 타 환자가 입술을 움직였다. 이-기, 이-기, 라고 한다. 어제의 비-프-스-테-크에 비해 오늘 발음은 꽤 또렷하다. 이-기, 이-기……. 일기가 신경이 쓰이는 모양이다. "일기를 쓰고 싶어요? 하지만 아직 무리예요."라고 하자 "아냐."라고 하며 고개를 젓는다. "아니라고요? 일기가 아니라고요?"라고 하자 "당신 일기……."라고 한다. "제 일기요?"라고 하자 고개를 끄덕이며 "당신은…… 당신은 일기를…… 어떻게 하고 있지?"라고 한다. "저는 옛날부터 일기 같은 건 쓰지 않아요. 그건 당신도 알고 계시잖아요?"라고 나는 일부러 심술궂게 시치미를 뚝 떼었다. 그러자 입가에 힘없이 옅은 웃음을 띠며 "아아, 그랬던가, 알았어."라고 하는 듯 고개를 끄덕였다. 환자가 희미하게나마 웃는 모습을 보인 것은 처음이지만 의미를 알 수 없는 좀 수수께끼 같은 웃음이다. 고이케 씨는 환자의 밥상을 부엌에 가지고 간 김에 자기도 거실에서 식사를 하고 10시쯤 병실로 돌아왔다. 그리고 말없이 환자의 팔에 루미날 주사를 놓으려고 했다. "무슨 주사지?"라고 환

자가 물었다. 오전 중 이 시각에 주사를 맞은 적이 없기 때문에 의심을 품은 것 같다. “아직 혈압이 좀 높으신 것 같아서요. 혈압을 낮추는 주사를 놓는 거예요.”라고 고이케 씨가 대답했다.

오후 1시, 고다마 씨 왕진. 2시 무렵부터 환자가 코를 골기 시작하는 모습을 보고 나는 2층으로 올라갔다. 하지만 5시에 내려와 보니 이미 코는 골지 않고 있다. 고이케 씨에게 묻자 진짜 숙면을 취한 것은 한 시간도 채 되지 않고, 나머지는 비몽사몽 꿈과 현실 사이를 방황하는 듯 보였다고 한다. 역시 수면제를 먹여도 밤에 잠을 이룰 수 없는 것 같다. 저녁 식사 후 두 번째 주사를 놓았다. ……

정각 11시, 마당에서 발소리가 났다.

4월 24일

…… 발병 이후 오늘이 두 번째 일요일이다. 아침부터 병문안을 온 손님이 두세 명 있었다. 모두 안으로 들이지 않고 돌려보냈다. …… 고다마 씨가 오늘은 왕진을 오지 않았다. 환자에게 특별한 변화는 없다. 2시쯤에 도시코가 왔다. 그녀는 요즘 매일 저녁에 와서 두세 시간 병실을 지키기로 했는데 오늘은 희한하게 낮부터 와 있었다. 아버지가 코 고는 소리를 내는 옆에서 “오늘은 손님이 많지 않을까 해서.”라고 하며, 내 안색을 살핀다. 내가 아무 말도 하지 않고 있자 “엄마, 장 볼 게 밀려 있지 않아요? ……일요일에 모처럼 바깥공기를 쐬고 오지 그래요?”라고 하기도 했다. 대체 그녀는 자기 혼자 생각으로 하는 말일까, 그에게 부탁받은 것일까. …… 그에게 그럴 생각이 있다면 어젯밤에 내게 넌지시 내비쳤겠지만, 저런 이야기는 전혀 언급하지 않았다. …… 내게는 직접 말하기 어려워서 도시코에

게 부탁한 것일까? 아니면 도시코가 맘대로 억측한 것일까? …… 문득 나는, 마침 지금 이 시각에 오사카의 그 숙소에서 내가 오기만을 고대하는 그의 모습을 그려 보았다. …… 어쩌면 정말 그럴지도 모른다. — 저런 망상까지 떠올려 보았지만, 그런 일이 있을 리 없다고 생각하며 지워 버렸다. 지워도 지워도, '만약 기다린다면 어쩌지?' 하는 망상이 다시 떠오른다. 하지만 아무리 생각해도 오늘의 나는 거기까지 갈 시간이 없다. 그렇게 오래 집을 비울 수는 없다. 하다못해 다음 일요일 정도는 되어야 한다고 생각했다. …… 그러나 나는 그 외에도 조금 신경이 쓰이는 일이 있었기 때문에 "그러면 잠깐 니시키 근처까지 장을 보러 갔다 올게. 한 시간 내에 돌아올 거야."라고 도시코에게 양해를 구한 뒤 3시 넘어서 집을 나섰다. 그리고 급히 서둘러 택시를 잡아타고 고코마치(御幸町) 니시키 골목까지 달렸다. 나는 우선 식료품을 사러 왔다는 증거로 니시키 시장에서 밀기울이랑 유부랑 채소 등을 샀다. 그리고 산조테라마치(三條寺町)까지 걸어가서 늘 다니던 종이 가게에서 대형 안피지(雁皮紙) 열 장과 두꺼운 표지용 종이 한 장을 사서 그걸 내 일기장 크기로 잘라 달라고 하고는 구겨지지 않도록 잘 포장해서 장바구니 속 채소 아래 집어넣었다. 그리고 가와라마치에서 택시를 잡아타고 — 아니 채소 가게에서 그를 전화로 불러낸 것도 빠짐없이 적어야만 한다. "아니요. 오늘은 아무 데도 나가지 않고 집에 있었습니다."라고 그는 말했다. 어쩌면 유혹당하는 것은 아닐까 하는 말투였지만 1~2분 이야기를 했을 뿐이었다. — 4시 조금 넘어 귀가했다. (한 시간을 조금 넘었는지도 모른다.) 나는 현관 우산꽂이 밑에 안피지 꾸러미를 숨기고 장바구니는 부엌 할멈에게 건넸다. …… 환자는 아직 자는 것처럼 보이지만 코는 골지 않았다. ……

…… 내가 신경 쓰인다고 한 것은 어제 환자가 "당신은 일기를 어떻게 하고 있지?"라고 한, 그 말이었다. 내가 일기 쓰는 것을 겉으로는 모른 체하기로 했던 남편이 어째서 갑자기 그런 말을 꺼낸 것일까? 머리가 혼란해져서 모르는 체하기로 되어 있던 것을 깜빡 잊은 것일까? 아니면 '이제 나는 모르는 척할 필요를 느끼지 않게 되었다.'라는 의미일까? 내가 즉각적으로 대답하기가 어려워 "일기 같은 거 안 써요."라고 하자 "알았어."라고 대꾸하며 묘하게 웃은 것은 '시치미 떼지 마.'라는 의미였던 것일까? — 뭐니 뭐니 해도 남편은 발병 이후에도 내가 일기를 계속해서 쓰는지 어떤지를 알고 싶음에 틀림없으며, 계속 쓴다면 어떻게든 그것을 읽고 싶은 것이 분명하다. 몰래 읽을 수 없게 된 그로서는 아예 드러내 놓고 내 허가를 구하고 싶은 저의가 있었기에 그런 말을 흘린 것이라고 추측할 수밖에 없다. 그렇다면 그에게서 공공연하게 그런 요구가 있을 경우를 대비하여 빨리 궁리해 두어야 한다. 올 정월부터 4월 16일에 이르는 동안의 내 일기는, 만약 요구한다면 나는 언제라도 그의 앞에 꺼내 보이리라. 그러나 17일 이후의 일기가 있다는 사실은 절대로 그에게 알려서는 안 된다. 나는 그에게 말할 것이다. — '이 장부는 당신이 줄곧 몰래 읽었으니까 숨겨 봤자 소용이 없지만, 새삼 보여 줄 것도 없어요. 그래도 보고 싶다면 얼마든지 보셔도 되지만, 보면 알 수 있듯이 16일부로 더는 일기를 쓰지 않았어요. 당신이 와병한 뒤로는 간호하느라 정신이 없어서 일기를 쓸 형편이 못되었고 쓸 재료도 없었어요.'라고. — 그래서 나는 그에게 17일 이후 공백으로 남아 있는 일기를 펼쳐 보이고 그를 안심시켜야만 한다. 내가 안피지를 사 온 이유는 일기장을 두 권으로 나누어 다시 제본하기 위해서다. ……

…… 낮잠을 잘 시간에 외출을 했기 때문에 귀가 후 5시부터 1

시간 30분 정도 2층에 올라가 있었다. 6시 30분에 일기장을 가지고 내려와 거실용 장식장 서랍에 넣어 두었다. 도시코, 저녁 8시에 떠남. 10시, 고이케 씨를 2층으로 올려 보냈다. 11시, 마당에서 소리가 들림. ……

4월 25일

…… 오전 0시, 전송을 하고 부엌 문단속을 했다. 그리고 약 한 시간 동안 병실에서 코 고는 소리에 귀를 기울였다. 숙면에 들어간 것을 확인하고 거실에 가서 일기장 제본에 착수했다. 두 권으로 나누어 16일분까지는 장식장 서랍에 두고, 17일 이후의 분량은 2층으로 가지고 가서 책장에 숨겼다. 이 일에 한 시간을 소비했다. 2시가 넘어서 병실로 돌아왔다. 환자는 계속 자고 있다…….

오후 1시, 고다마 씨 왕진. 특별한 변화 없음. 요즘 혈압도 180에서 190 내외를 오르락내리락한다. 조금 더 내려가지 않을까 하며 고다마 씨는 고개를 갸우뚱거린다. 낮 동안에는 여전히 충분히 편한 잠을 취할 수 없는 모양이다. ……

…… 11시, 마당에서 소리 들림. ……

4월 28일

…… 11시, 마당에서 ……

4월 29일

…… 11시, 마당에서 ……

4월 30일

…… 오후 1시, 고다마 씨 왕진. …… 다음 주 속히 다시 한 번 소마 선생에게 진찰을 받아 보는 것이 좋겠다고 한다.

…… 11시, 마당에서 ……

5월 1일

…… 발병 이후 세 번째 일요일이다. …… 도시코, 일전의 일요일과 같은 시각인 오후 2시 넘어 나타남. 혹 그러지 않을까 하고 예상한 대로다. 잠든 아버지의 숨소리를 확인하는 척하고 나서 "장도 볼 겸 잠깐 숨도 돌릴 겸 산책하고 오세요."라고 작은 소리로 권한다. "어때, 괜찮을까?" 하고 내가 주저하자 "아빠는 괜찮아요. 지금 막 잠들었어요. …… 다녀오세요, 엄마. 오늘은 세키덴초에 낮부터 목욕물을 데워 놓았어요. 간 김에 들러서 목욕하고 오세요."라고 한다. 뭔가 사정이 있음을 눈치채고 "그럼 잠깐, 한두 시간만." 하고 3시 무렵 장바구니를 들고 나갔다. 곧바로 세키덴초에 가 보았다. 마담은 집을 비웠고 기무라가 사랑채에 혼자 있었다. 아까 도시코에게서 전화가 와서 "오늘은 마담이 와카야마(和歌山) 산에 가서 밤늦게까지 부재중인데, 나도 지금 환자에게 가 볼 참이라서 미안하지만 두세 시간 집을 봐 주었으면 좋겠어. 저녁때까지는 돌아올게."라며 불러서 왔다

고 한다. 목욕물은 데워져 있지 않았지만, 목욕물 대신 기무라가 와 있었던 셈이다. …… 거의 반달만에 좀 마음 놓고 이야기할 수 있었던 것인데 역시 어쩐지 마음이 초조해서 안절부절못했다. …… 그를 남겨 놓고 5시에 세키덴초를 나왔는데 시간이 없어서 — 환자가 잠을 깨지는 않았을까 걱정이 되어서 — 몹시 서둘러 근처 시장에서 장을 보고 귀가했다. "어서 오세요. 빨리 오셨네요."라고 도시코가 말했다. "아빠는?" 하고 묻자, "오늘은 희한하게도 잘 주무세요. 벌써 세 시간 이상 됐어요."라고 한다. 과연 코 고는 소리가 굉장하다. "따님께 부탁을 하고, 목욕을 다녀왔습니다."라고 고이케 씨가 말한다. 목욕탕에서 막 나와서 상기된 얼굴이 반짝거렸다. 아, 그랬구나. 고이케 씨는 공중목욕탕에 갔다 온 거구나. — 나는 어쩐지 움찔하는 기분이 들었다. 왠지 도시코가 작위적으로 일을 꾸민 것 같은 느낌 말이다. — 물론 남편이 와병한 이후에 집에서 목욕물을 데운 것은 두세 번밖에 되지 않는다. 나도 고이케 씨도 할멈도 대개는 격일 혹은 사흘 걸러서 낮 동안 공중목욕탕에 다녔고, 오늘쯤 고이케 씨가 갈 차례이므로 거길 다녀오는 게 이상한 일은 아니다. 하지만 도시코는 그것을 계산에 넣고 환자와 자기 둘만 남도록 나를 밖으로 내보낸 것은 아닐까? 그만 깜빡해서 그런 일이 생길 수 있으리라고는 생각하지도 못했다. 여느 때 같으면 당연히 알아차렸겠지만(고이케 씨는 목욕을 오래하는 편이라서 50~60분은 걸린다는 점도 알았지만.), '세키덴초에 목욕물을 데워 두었다.'라는 말을 듣고 가슴 설렌 나머지 그만 사리 분별을 잃은 것이다. — 나는 '아뿔싸.' 하는 생각을 하면서 두 사람에게 환자를 맡겨 두고 '늘 하던 대로 낮잠을 자기 위해' 2층으로 올라갔다.

나는 당장 책장 속에 숨겨 두었던 일기장을 꺼내 혹시나 하는 마음에 살펴보았다. 미리 셀로판테이프로 봉해 두었으면 좋았을 것을 아무래도 그렇게까지는 주의 깊지 못했기 때문에 누군가 몰래 읽었다고 해도 증거를 발견할 수는 없었다. — 아니, 역시 나는 의심에 불과하다고 고쳐 생각해 보기도 했다. 나는 머리를 너무 굴렸다. 일기장을 둘로 나눈 것, 뒷부분이 2층 책장에 감춰져 있는 것 등을 그들이 어떻게 알 수 있겠는가? 나는 그렇게 생각하고 우선 안심했다. 그리고 그때는 그것으로 끝났는데……. 오후 8시에 도시코가 세키덴초로 돌아가고 나자 다시 그 일이 신경 쓰였다. 나는 부엌에 가서 할멈에게 물어보았다. 오늘 오후 내가 외출한 후에 누군가가 2층 서재에 올라가지 않았느냐? 그러자 의외로 "아, 예, 아가씨께서 올라가셨습니다."라고 한다. 할멈의 이야기대로라면 내가 외출하고 나서 십오 분 정도 후에 고이케 씨가 공중목욕탕에 갔다. 그리고 얼마 안 있어 도시코가 2층에 올라갔지만 2~3분 만에 내려와서 병실로 돌아갔고 "뭔가 어르신과 말씀을 하시는 모양이었습니다."라고 했다. 환자는 코를 골았을 텐데, 라고 하자 "그 코 고는 소리가 뚝 끊겼습니다."라고 한다. 그리고 도시코는 어르신과 한참 동안 이야기를 나누더니 다시 한 번 2층으로 올라갔다가 바로 내려왔고, 그 후에 고이케 씨가 목욕탕에서 돌아왔다고 한다. 그래도 저녁에 내가 돌아왔을 때에는 환자의 코 고는 소리가 들렸다고 하자 "사모님께서 집을 비우셨을 때는 그쳤다가 돌아오시기 조금 전부터 다시 시작됐어요."라고 한다. —

아무래도 내 의심벽이 적중했고, 지나친 걱정이 지나친 걱정이 아님을 알게 된 것인데, 그래도 나로서는 여전히 납득이 되지 않는 점이 있었다. 이쯤에서 일단 도시코의 오늘 행동을 차례로 나열해 보면 — 오후 3시, 구실을 만들어 나를 밖으로 내보낸 다음에 고이케 씨를 목욕탕에 보낸다. 그리고 환자가 스스로 잠에서 깨어 도시코에게 알렸는지, 도시코가 환자를 부추겼는지 그 점은 확실하지 않지만 그녀는 내 일기장이 거실 장식장 서랍에 보관되어 있다는 사실을 알고 그것을 찾아내어 환자의 머리맡으로 가져온다. 환자가 이 일기는 4월 16일자로 끝나지만 17일 이후의 일기도 어딘가에 틀림없이 숨겨져 있다. 내가 읽고 싶은 것은 그쪽이니까 찾아다 달라고 한다. 그래서 그녀는 2층 책장을 뒤져 찾아낸다. 그다음에 병실로 가져와서 환자에게 보여 준다. 혹은 읽어서 들려준다. 그러고 나서 2층으로 가지고 올라가서 원래 있던 자리에 집어넣고 온다. 고이케 씨가 돌아온다. 환자가 다시 깊은 잠을 가장한다. 5시 넘어 내가 돌아온다. — 대충 이런 식이 되는 것인데, 이 정도의 일이 내가 외출 중이던 두세 시간 사이에 그렇게 척척 진행된다는 것은 보통 있을 수 없는 일이다. 그래서 생각이 난 것인데, 나는 앞서 일요일(4월 24일)에도 도시코의 권유로 오후에 외출한 적이 있었다. 그렇다면 도시코가 이 일을 꾸민 것은 아마 그 일요일부터가 아닐까? 환자는 이미 23일 토요일 아침, 나와 단둘이 있을 때 "이-기, 이-기."라고 웅얼거리며 내 일기를 읽고 싶어 한다는 뜻을 드러냈다. 그렇다면 24일 오후, 내가 없는 동안에 도시코와 고이케 씨가 있는 앞(그때도 고이케 씨는 공중목욕탕에 가 있었는지 모르겠지만, 할멈은 확실한 기억이 없다고 한다.)에서도 같은 말을 웅얼거리지 않았다고 누가 장담할 수 있단 말인가? 환자는 내게 호소해 봤자 들어주지 않으니까 도시코에게 호소한 것이다. — 그것이 가장 자연스러운 사태의 추이라고 해야 한다. 도시코에게는 내 일기의 존재를 알려 준 기억이 없다. 그러나 기무라를 통해서나 아니면 또 다른 어떤 계기로 눈치챘을 것이고, 하물며 환자가 웅얼거렸다면 단박에 알아차렸을 터다.

"장식장……." 하고 환자가 거실 쪽을 가리킨다. 하지만 역시 일기장은 그곳에 보관되어 있지 않음을 안다. 도시코가 "알았어. 필시 2층일 거야."라고 하며 2층을 찾는다. 그런 장면을 나는 상상할 수 있었다. — 어쨌든 그런 식으로 해서 우선 지난 일요일에, 17일 이후에도 일기를 썼음을 안다. 그리고 오늘 일기장이 용의주도하게도 두 권으로 나뉘어 제본되어 있고, 한 권은 2층에 한 권은 아래층에 보관되어 있음을 알게 된다. — 이런 식이라면 불가능한 일도 아니다.

당장 내가 당혹스러운 것은 만약 이런 추정이 맞다면 앞으로 일기를 어떻게 해야 할까 하는 점이었다. 나는 일단 쓰기 시작한 일기를, 방해물이 나타났다고 해서 중단할 생각은 없다. 그렇다고 해도 이 이상 내 일기를 누군가 몰래 훔쳐 읽는 일을 피할 수만 있다면 피하고 싶다. 오늘부터 나는 낮잠 시간에 2층에서 일기 쓰는 것을 그만두리라. 그리고 심야에 환자와 고이케 씨가 잠들기를 기다렸다가 일기를 쓰고 모처에 감춰 두기로 했다. ……

6월 9일

…… 오랫동안 나는 일기 쓰는 일을 게을리했다. 지난달 1일, 즉 환자가 두 번째 발작을 일으켜서 쓰러지기 전날부로 내 일기는 끝났으며, 그 이후 오늘까지 삼십팔 일 동안 일기 쓰기를 중지했다. 그것은 환자의 갑작스러운 사망으로 인해 여러 가지 잡된 집안일이 발생하여 다망했기 때문이기도 하지만, 그의 죽음 탓에 당장 그 뒤를 이어서 쓸 흥미 — 라고 할까, 긴장감이라고 할까. — 가 없어졌기 때문이기도 하다. 그 '긴장감이 없어졌다.'라는 사정은 오늘이라고 해도 변함이 없다. 그렇기 때문에 앞으로 일기를 쓰지 않을지도

모른다. 다시 일기를 쓰기 시작하게 될지 어떨지도 지금으로서는 미정이다. 하지만 올해 정월 1일 이후 121일 동안 매일 써 온 일기가 이렇게 뚝 끊겨 버린 채로 남아 있어서 일단 결말을 짓는 편이 좋겠다고 생각했다. 일기의 체재로 봐도 그것이 필요하다고 생각했고, 죽은 사람과 내 성생활의 투쟁에 대해서도 이쯤에서 다시 한 번 돌아보고 그 경위를 음미해 보는 것도 나름 의미가 있을 것이다. 고인이 쓰다 만 일기 — 특히 올 정월 이후부터 쓴 일기와 내 일기를 비교하며 읽어 보면 역력한 투쟁의 흔적을 알 수 있는데, 나에겐 고인이 살아 있을 때는 차마 쓰지 못한 내용이 아직 상당히 남아 있기에 마지막으로 그것을 어느 정도 추가해 적어 과거의 일기를 마무리하고자 한다.

환자의 죽음이 갑작스러웠다는 사실은 지금까지 써 온 바와 같다. 후술하는 사정으로 인해 정확한 시간은 알 수 없지만, 사망 일시는 5월 2일 오전 3시 전후 — 가 아니었나 싶다. 간호사 고이케 씨는 당시 2층에서 자고 있었고 도시코는 세키덴초에 가 있어서, 병실에는 나 혼자만 남아 있었다. 그러나 나도 오전 2시 무렵 환자가 평소처럼 편안하게 코 고는 것을 보고 몰래 병실을 빠져나와 거실에 가서 4월 30일 저녁 이후부터 5월 1일 사이의 일을 적고 있었다. 왜냐하면 나는 그 전전날, 즉 남편의 발병 이후 4월 30일까지는 매일 오후 낮잠 시간을 이용해 2층에서 몰래 그 전날 오후부터 그날 오후 사이의 일을 기록했는데, 5월 1일 일요일에 뜻밖에도 비밀로 해 둔 두 번째 일기장을 환자 혹은 도시코가 몰래 읽었다는 사실을 알고, 당일에는 늘 같은 시각에 2층에서 일기 쓰는 일을 그만두고 그 뒤로는 심야 시각을 골라 글을 쓴 다음, 일기장을 숨겨 두는 장소도 변경하기로 했기 때문이다. (변경 장소를 어디로 하면 좋을지 당장 마땅한 곳이 떠오르지 않아서 나는 우선 일기장을 이전 장소에 두고 2층에서 내려왔다.) 그리고 그날 밤 도시코와 할멈이 떠나기를 기다렸다가 고이케 씨가 자러 가기 직전에 가지러 올라가서 그것을 품에 넣고 내려왔다. 그러고 나서 바로 고이케 씨가 올라갔다. 나는 그때도 숨길 만한 적당한 장소를 찾지 못해 고심했다. 오늘 밤 안에 생각나면 좋겠는데, 정 어쩔 수 없다면 거실 붙박이장 천장 판자를 한 장 떼어 내고 그 위에 끼워 넣을까 하고 궁리했다. 그래서 5월 2일 오전 2시가 지난 뒤 거실에 가서 품속에 있던 일기장을 꺼내 4월 30일 저녁 이후의 일을 적었다. 그러다 문득 방금 전까지 들리던 환자의 코 고는 소리가 언제부터인가 들리지 않는다는 사실을 깨닫게 되었다. 병실과 거실은 벽 하나를 사이에 두고 있을 뿐이었고, 나는 일기를 쓰는 데 정신이 팔려 그때까지 몰랐던 것이다. 나는 '……오늘부터 나는 낮잠 시간에 2층에서 일기를 쓰기로 했다. 그리고 심야에 환자와 고이케 씨가 잠들기를 기다렸다가 몰래 일기를 적어 모처에 감춰 두기로 했다…….'라는 부분까지 썼을 때 정신을 차리고 잠시 옆방에 귀를 기울였다. 하지만 그 이후 소리가 들릴 기색이 없자 쓰다 만 일기장을 테이블 위에 올려놓은 채 일어나서 병실로 가 보았다. 환자는 조용히 누워 얼굴을 천장으로 향하고 자는 것 같았다. (발병을 한 날, 내가 안경을 벗겨 준 이래 환자는 한 번도 안경을 쓰지 않았다. 잠잘 때 그이는 대부분 똑바로 눕는 자세를 취하는데, 그 때문에 더 '안경을 쓰지 않은 맨 얼굴'이 도드라질 경우가 많았다.) '자는 것 같았다.'라는 말은, 병실에선 스탠드 갓에 천을 씌워 환자에게 광선이 직사되지 않도록 했기 때문으로, 그늘진 곳에 누운 환자의 얼굴을 바로 확실하게 분간하기가 어려웠다. 나는 의자에 앉아 한숨 돌리고 어두컴컴한 곳에 있는 환자를 알아보았지만, 뭔가 이상하게도 너무 조용한 느낌이 들어서 갓에 씌운 천을 벗겨 환자의 얼굴을 노골적으로 비춰 보았다. 그러자 환자는 눈을 반쯤 뜨고 비스듬하게 침대 끝자락 천장을 응시한 채 꼼짝 않고 있었다. '죽었네.' — 나는 그렇게 생각했고, 곁에 다가가 손을 대 보니 차갑게 굳어 있었다. 머리맡 시계는 3시 7분을 가리키고 있었다. 그러니까 5월 2일 오전 2시 몇 분 후에서 3시 7분 사이에 죽었다고 할 수 있다. 그리고 아마 잠을 자는 동안 거의 아무 고통 없이 갔으리라 상상할 수 있었다. 나는 겁 많은 인간이 공포를 참아 가며 심연의 밑바닥을 들여다보듯이 '안경을 쓰지 않은 얼굴'을 몇 분 동안 숨죽여 응시하다가 — 그 순간 신혼여행 날 밤의 기억이 선명하게 되살아났다. — 다시 서둘러 전등갓에 덮개를 씌었다.

그다음 날 소마 박사도 그렇고 고다마 씨도 그렇고, 두 번째 뇌일혈 발작이 이 환자에게 이렇듯 빨리 닥치리라고는 예기하지 못했다고 밝혔다. 옛날이라고 해도 지금으로부터 십 년 정도 전까지는 한 번 뇌일혈에 걸리면 이후 2~3년 혹은 7~8년 지나야 두 번째 발작이 찾아오는 예가 많으며, 대부분의 사람들은 그때 가망 없게 되어 버리는데, 요즘에는 의술이 진보하여 꼭 그렇지만은 않게 되었다, 뇌일혈이 한 번 찾아와도 더 이상 발작 없는 사람도 있고 발작이 두 번 일어나도 다시 재기하는 사람도 있으며, 세 번, 네 번 뇌일혈을 일으켜도 천수 누리는 사람을 종종 보게 되었다, 댁의 바깥양반은 학자에 어울리지 않게 섭생에 너무 무신경한 경향이 있어서 걸핏하면 의사의 충고를 받아들이지 않는 식이었고, 재발 염려가 전혀 없다고 할 수는 없었지만 이렇게 빨리 재발할지 몰랐다, 아직 예순도 되지 않았고 이 정도에서 일단 서서히 건강을 회복해서 앞으로 수년 잘 지내면 십수 년은 계속 활동하시리라고 생각했는데, 이런 결과에 이른 건 의외다. — 라고 박사도 고다마 씨도 이야기해 주었다. 박사와 고다마 씨가 정말로 그렇게 생각했는지 물론 추측만으로는 알 수 없다. 사람의 목숨은 아무리 명의라 해도 예단할 수 있는 것이 아니기 때문에 두 사람이 그렇게 생각했다고 해서 이상할 건 없지만, 솔직히 말해 나는 대략 예기하던 일이 예기한 때에 일어났다는 생각이 들어서 별로 의외라고는 여겨지지 않았다. 예기한 일이 예기한 대로 일어나지 않을 수도 있고, 오히려 그런 경우가 보통이겠지만 나와 남편의 경우에는 내 예측이 적확하게 맞아떨어졌다. 그것은 딸인 도시코도 같은 생각이었으리라.

그래서 다시 한 번 남편의 일기와 내 일기를 서로 맞춰 읽어 보면서, 남편과 내가 이러이러하게 발전한 후에 이러이러한 식으로 영영 이별하기에 이른 사정을 이제는 숨김없이 정리해 보고 싶다. 물론 남편은 이미 몇십 년이나 전에, 그러니까 나와 결혼하기 전부터 일기를 썼다고 하니, 그이와 나의 관계를 근본적으로 규명하기 위해서는 그런 옛 일기부터 다시 읽어 보는 것이 순서일지도 모른다. 하지만 나 같은 여자에게는 그런 큰일에 손댈 자격이 없다. 2층 서재에, 사다리를 놓지 않으면 손이 닿지 않는 높은 곳에 위치한 붙박이장에 몇십 권이나 되는 남편의 일기장이 먼지를 뒤집어쓴 채 쌓여 있다는 사실을 알지만 나는 그런 방대한 기록을 살펴볼 만큼 끈기가 없다. 고인은, 그 스스로 이야기하는 것처럼 작년까지는 나와의 규방 생활에 대해 애써 일기에 적지 않았다. 그이가 그것을 거리낌 없이 쓰게 된 것은 — 아니 그렇다기보다는 거의 그것만을 쓸 목적으로 일기를 쓰게 된 것은 올 정월 이후의 일로, 동시에 나도 올 정월부터 그에 맞서 쓰기 시작했으므로, 우선 그 이후 그이와 내가 서로 교대로 이야기한 것을 대비해 보면서 그 사이에 누락이 된 부분을 보충해 가면 두 사람이 어떤 식으로 서로 사랑하고 서로 탐닉하고 서로 속이고 서로 빠져들게 하고, 그리고 마침내 한쪽이 다른 한쪽을 파멸에 이르게 했는지, 경위가 거의 밝혀질 것이다. 따라서 그 이전 일기까지 거슬러 올라갈 필요는 없으리라 생각한다. 남편은 올해 1월 1일 일기에서 나를 '천성이 음험해서 비밀을 좋아하는 버릇이 있다.'라 하고, '알고 있으면서도 모르는 척하는 성격으로, 보통 마음속에 있는 것을 쉽게 입 밖으로 내지 않는' 성격의 여자라고 하였는데, 이는 확실히 그러하다는 사실을 부정할 수 없다. 대략적으로 말해서 그이는 나보다 몇 배나 더 정직한 인간이었고, 그래서 그가 기록한 내용에도 허위가 없음을 인정하지 않을 수 없지만, 솔직히 그이의 말에도 거짓이 전혀 없는 것은 아니다. 예컨대 '아내는 분명히 이 일기장이 서재의 어느 서랍에 들어 있는지 알고 있을 것'이지만 '설마 남편의 일기장을 훔쳐보는 짓을 할 리 없겠지.'라고 하거나 '꼭 그렇지만은 않다고 할 수 있는 이유도 있는데, 올해부터는 그런 걱정을 하지 않기로 했다.'라고 하였다. 그러면서 실은 그 바로 뒤 단락에서 고백하듯이, '오히려 은근히 그녀가 읽을 것을 각오하고 기대한다.'라는 것이 본심이었음을 나는 진작에 간파했다. 1월 4일 아침에 그이가 책장 수선화 앞에 일부러 서랍 열쇠를 떨어뜨려 둔 것은 내게 일기를 읽히고 싶어서 못 견뎠다는 증거인데, 그런 잔꾀를 부리지 않아도 나는 벌써부터 일기를 몰래 읽고 있었음을 여기서 털어놓겠다. 나는 1월 4일 내 일기에서 '나는 절대로 (남편의 일기장을) 읽지 않을 것이다. 나는 내 자신이 여기까지라고 정해 둔 한계를 넘어서 남편의 심리 안에까지 들어가고 싶지 않다. 나는 내 마음속을 사람들에게 보여 주고 싶지 않은 것처럼, 다른 사람의 마음속 깊은 곳을 꼬치꼬치 파고드는 것을 좋아하지 않는다.'라고 했는데, 나는 '내 마음속을 사람들에게 보여 주고 싶지 않'지만 '다른 사람의 마음속 깊은 곳을 꼬치꼬치 파고드는 것'은 좋아한다. 나는 그이와 결혼한 그 다음 날부터 가끔씩 그이의 일기장을 몰래 들여다보는 습관을 들이기 시작했다. 나는 그이가 '그 일기장을 책상 서랍에 넣고 열쇠로 잠근다는 사실도, 그 열쇠를 어떨 때는 책장의 여러 책들 사이에, 또 어떨 때는 카펫 밑에 숨겼다는 사실도 진작부터 알고 있었'으며, 절대로 '일기장을 펴 보지는 않는' 정도가 아니었다. 다만 지금까지는 우리 부부의 성생활과 관련한 문제를 별로 거론한 적이 없고, 내게는 무미건조한 학문적인 이야기만 많았기 때문에 좀처럼 자세히 살피지 않았다. 가끔 일기장을 휙휙 넘겨 보는 식으로, 겨우 '남편이 쓴 일기를 몰래 읽는다.'라는 정도로 어떤 만족감을 느꼈던 것에 불과한데, 그이가 그것을 쓰는 데 대해 '걱정하지 않기로 한' 1월 4일 일기부터, 당연한 결과지만 나는 그이의 글쓰기에 마음이 끌리게 되었다. 나는 1월 2일 오후 그이가 산책을 나가 집을 비운 사이에 올해부터 그이의 일기에 변화가 있다는 사실을 일찌감치 발견했다. 다만 내가 몰래 읽고 있다는 사실을 남편이 모르게 한 것은 천성이 '알고 있으면서도 모르는 척하는' 것을 좋아하기 때문만은 아니다. 몰래 읽어 주었으면 하면서도 읽고도 읽지 않은 척해 줬으면 하는 것이 아마 남편의 주문인 것 같다는 사실도 눈치챘기 때문이다.

그이가 나를 '이쿠코여, 나의 사랑스럽고 귀여운 아내여.'라고 부르며, '무엇보다도 내가 그녀를 진심으로 사랑한다.'라는 게 틀림없이 '진심'이었으리라고 생각한다. 나는 그 한 가지에 대해서는 그이를 추호도 의심하지 않는다. 하지만 동시에 나도 당초엔 그이를 열렬히 사랑했음을 알아주었으면 한다. '아득한 옛날 신혼여행을 갔던 날 밤, ……안경을 벗은 그이의 얼굴을 본 순간 소름이 쫙 끼쳤던 일'도 사실이며, '지금에 와서 생각해 보면 나는 나하고 궁합이 제일 안 맞는 사람을 선택한 것 같다.'라는 점도, 가끔씩 그이를 대면하고 있으면 '특별한 이유도 없이 가슴이 답답해 터질 것' 같았던 일도 사실임에 틀림없다. 하지만 그렇다고 해서 내가 그이를 사랑하지 않았다고는 할 수 없다. '고풍스러운 교토의 유서 깊은 집안에서 태어나 봉건적인 분위기에서 자란' 나는 '부모님이 명령하는 대로 아무 생각 없이 이 집에 시집와서 부부란 원래 이런 것이다, 라고 생각'해 왔기 때문에 좋든 싫든 상관없이 그이를 사랑할 수밖에 달리 도리가 없었다. 하물며 내게는 '지금도 여전히 구폐 같은 도덕을 중시하는 일면이 있고 어떨 때는 그것을 자랑스러워하는 경향도 있'다. 나는 가슴이 갑갑할 때마다, 남편이나 돌아가신 부모님께 그런 마음을 품은 내 자신을 한심하게 여기며 면목 없다고 생각하기도 했으며, 그런 마음이 일어나면 일어날수록 더욱더 그에 반항하여 그이를 사랑하려고 노력했고 또 사랑할 수 있었다. 왜냐하면 천성이 체질적으로 음탕한 나는 어쨌거나 살아가기 위해서는 그렇게 하는 수밖에 없었기 때문이다. 당시 내가 남편에게 뭔가 불만이 있었다면 그건 남편이 나의 왕성한 욕구를 충분히 만족시켜 주지 못한다는 점이었는데, 그래도 나는 그이의 부실한 체력을 탓하기보다 나의 과도한 음욕을 훨씬 부끄러워했다. 나는 그이의 정력 감퇴를 한탄하면서도 그것 때문에 정나미가 떨어지기는커녕 오히려 한층 더 애정이 강해졌다. 그런데 그이는 무슨 생각을 했는지 올 정월부터 그런 내게 새로운 세계에 눈을 뜨게끔 하였다. 그이가 '지금까지는 주저하며 쓰지 못했던 내용도 감히 일기에 적어 두기로 한' 진짜 동기가 무엇이었는지는 잘 모른다. '나는 그녀와 직접 잠자리에 관한 이야기를 나눌 기회를 갖지 못한 데 대한 불만을 견디다 못해 이 일기를 쓰기로 마음먹은 것'이라 하고, 나의 '너무 지나친 비밀주의', 나의 '단정한 몸가짐',

'그 위선적인 여자다움', '그 부자연스러운 고상한 취미'에 반감을 품고 그것을 타파해 주고 싶어서 '이 일기를 쓰기로 마음먹었'다고 하는데, 과연 그것이 동기의 전부였을까? 아마 다른 중대한 원인도 있었으리라 생각되지만, 일기는 이상하게도 그 점을 명료하게 밝히지 않고 있다. 어쩌면 그이 자신도 그런 일기를 쓰고 싶어진 마음의 경과나 원인을 이해하지 못했을지도 모른다. 아무튼 나는 내가 '많은 여자들 중에서도 지극히 드문 기구의 소유자임'을 처음으로 알게 되었다. 내가 '옛날의 시마바라 같은 곳의 기루로 팔려' 간 여자였다면, '반드시 세상을 떠들썩하게 하며 무수한 오입쟁이들이 앞다투어 주위로 모여들'었을 것이라는 사실을, 나는 처음으로 알았다. 그런데 '사실은 그녀에게 알리지 않는 편이 좋을 것 같다. 그녀가 거기에 자각하면 적어도 내 자신을 위해선 불리할지 모름'에도 불구하고, 그가 애써 그 불리함을 무릅쓸 각오를 한 것은 무슨 까닭일까? 그가 나의 그런 '장점을 생각하는 것만으로도 질투를 느끼'고, '만약 나 이외의 남자가 그녀의 그 장점을 안다면 ……어떤 일이 일어날까?' 불안하다고 하면서도 그 불안감을 일부러 숨김없이 일기에 적은 것은, 어쩌면 내가 그것을 몰래 읽고, 그래서 그이의 질투를 유발할 행동을 보여 주었으면 하고 기대한 건 아니었을까, 라고 나는 이해했다. 이런 추측이 옳다는 것은 '나는 그 질투를 몰래 즐기고 있었다.' — '나는 원래 질투를 느끼면 그 방면의 충동을 느낀다.' — '그렇기 때문에 질투는, 어떤 의미에선 필요하기도 하고 쾌감이기도 하다.'(1월 13일) — 라고 밝혔기에 분명하지만, 나는 그 사실을 1월 1일 일기에서 이미 어렴풋이 상상할 수 있었다. ……

6월 10일

…… 8일에 나는 이렇게 썼다. — '나는 남편을 절반은 몹시 싫어하고, 절반은 몹시 사랑한다. 나는 남편하고는 궁합이 거의 맞지 않는다…….'라고. 그리고 또 이런 이야기도 썼다. — '그렇지만 다른 사람을 사랑할 마음은 들지 않는다. 나는 오랫동안 정조 관념에 사로잡혀 있었기 때문에 선천적으로 그것을 저버릴 수가 없다.' — '나는 남편의 그…… 애무 방법에는 참으로 당혹스럽지만, 그래도 그이가 나를 열광적으로 사랑하는 것은 분명하기 때문에 그에 대해 나도 뭔가 보답을 하지 않으면 미안하다.'라고. 돌아가신 부모님으로부터 엄격한 유교적 몸가짐을 배운 내가 조금이나마 남편의 험담을 적으려는 심경에 이른 것은 이십 년 동안 낡은 도덕관념에 묶여 남편에 대한 불만을 억지로 억눌렀던 탓도 있지만, 남편에게 질투심을 일으키는 것이 결국 그를 기쁘게 하는 소치임을 알고, 그것이 '정녀'의 도리로 통한다는 사실을 어렴풋이나마 이해하였기 때문이다. 그러나 나는 아직 남편을 '몹시 싫어'한다 하고 '궁합이 맞지 않는'다고 하는 데 불과하며, 바로 그 후에 '다른 사람을 사랑할 마음은 들지 않는다.', 남편을 '선천적으로 저버릴 수가 없다.'라며 마음 약한 소리를 했다. 나는 이미 그때부터 잠재적으로 기무라를 사랑했는지도 모르겠지만, 나 자신은 그것을 의식하지 못했다. 나는 남편에게 정절을 다하기 위해 마음에도 없이 그의 질투심을 부채질하는 말을 주저주저, 그것도 아주 우회적으로 흘렸을 뿐이다.

하지만 13일에 '기무라에 대한 질투를 이용하여 아내를 기쁘게 하는 데 성공했다.' — '그런 식으로 애써 나를 자극해 주는 것이 그녀 자신의 행복을 위한 일이기도 하다고 생각해 주길 바란다.'라고 하는 말, '나는 나를 미치도록 질투하게 하고 싶다.' — '아내는 상당히 아슬아슬한 지경까지 가도 될 것이다. 아슬아슬하면 할수록 좋다.' — '다소 의심을 품을 정도라도 괜찮다. 그 정도까지 가기를 바란다.'라는 말이 나오는 곳을 읽고 나서, 나는 갑자기 기무라에 대해 생각하게 되었다. '적어도 아내는 ……자신이 젊은 두 사람을 감독한다고 생각할지 모르지만, 실제로는 기무라를 사랑하는 것 같은 생각이 들어 견딜 수가 없다.'라고, 7일에 남편이 그런 식으로 쓴 대목에서 나는 오히려 '징그럽다.'라고 느끼며 아무리 남편이 부추겨도 도리에 어긋나는 그런 짓을 할 수 있겠느냐며 반발하였는데, '아슬아슬하면 할수록 좋다.'라는 데 이르러 내 마음은 급선회했다. 내가 의식하기 전에 나에게 기무라를 좋아하는 모습이 있음을 보고 남편이 부추긴 것인지, 부추김을 당해서 없던 마음이 생긴 것인지, 잘 알 수 없다. 하지만 나는 내 호기심이 기무라에게 기울어지고 있음을 명료하게 의식하고 나서도 한동안 여전히 남편을 위해서 '마음에도 없이' 그렇게 '애쓰고' 있다고 자신을 속였다. — 그렇게 나는 지금 '호기심'이라는 말을 썼는데, 당시에는 남편을 기쁘게 하기 위해 남편 이외의 사람에게 약간 호기심을 가져 봤다는 식으로 내 자신을 타일렀다. 1월 28일에 처음으로 인사불성이 되었을 때의 심리 상태를 말하자면, 기무라에 대한 내 기분이 남편을 위한 것이었는지, 내 자신을 위한 것이었는지 그날 밤부터 나조차도 경계를 알 수 없게 되어 그 고통을 속여 넘기려 한 것이다. 그날 밤부터 29일, 30일 아침에 걸쳐 나는 내내 잠을 잤다. '그녀의 성질상으로 미루어 보아 과연 정말로 잠이 든 것인지 잠든 척하는 것인지 그 점이 의심스러웠다.'라고 남편이 쓴 그 이틀 동안, 나는 절대로 '잠든 척'하였던 것은 아니지만, 그렇다고 해서 완전히 의식을 잃었다고도 할 수 없었다. 그때 비몽사몽 상태였다는 사실은 대략 그때 일기에 적어 둔 대로인데, '그녀의 입에서 '기무라 씨'라는 한마디가 잠꼬대처럼 흘러나온' 것에 대해서는 다소 부기할 필요가 있다. 그것은 '정말로 잠꼬대였을까? 잠꼬대처럼 보이게 해서 일부러 내게 들려준 것일까?' 어느 쪽인가 하면 그 중간 정도였다고 할 수 있으리라. 나는 '잠결에 기무라와 정교하는 꿈을' 꾸었는데, 그 순간 '기무라 씨'라고 잠꼬대한 것을 몽롱한 의식의 밑바닥에서 느끼고 있었다. '아, 한심한 말을 하는구나.'라고 생각하면서 내뱉었다. 그리고 그런 말을 남편에게 듣고 창피한 한편, 그런 말을 듣길 잘했다는 기분도 없지는 않았다. 그러나 그다음 날 밤, '"기무라 씨"라는 한마디가 오늘 밤에도 그녀의 입에서 흘러나왔다. 그녀는 오늘 밤에도 같은 상황에서 같은 꿈을 꾸고, 같은 환각을 보았다.'라는데 30일 밤의 경우는 다르다. 그날 밤에 나는 분명히 어떤 목적을 갖고 자는 척하며 잠꼬대처럼 들리게 하려고 그 말을 내뱉었다. 확실한 의도와 계획에 기반했다고까지는 하기 어렵지만 — 역시 어느 정도는 잠결에 그랬는지도 모르지만 — 잠결이라는 것을 의식하면서 양심을 마비시키는 데 그것을 이용했다. 남편은 '나는 그녀에게 농락당하고 있다고 생각해야 하는 것일까?'라고 하였는데, 어쩌면 그렇게 이해하는 것이 맞을지도 모른다. 그 잠꼬대에는 '기무라 씨하고 이렇게 했으면' 하는 기분과 '남편이 그 사람을 내게 붙여 주었으면'하는 기분, 이 두 가지 바람이 담겨 있었음에 틀림없으며 그것을 알아주었으면 해서 그 말을 내뱉었다.

2월 14일에 기무라는 남편에게 폴라로이드 사진기가 있다고 일러 주었다. '내게 그런 기계가 있다는 것을 가르쳐 주면 내가 기뻐하리라는 사실을 기무라는 어떻게 안 것일까? 그것이 신기하다.'라고 적혀 있는데, 그 점은 나로서도 이상했다. 남편이 나의 나체를 촬영하고 싶어 한다는 사실은 나도 알아채지 못했다. 가령 알아챘다 하더라도 그런 것을 기무라에게 가르쳐 줄 만한 겨를은 없었을 터다. 그때 나는 거의 매일 밤 술에 잔뜩 취해 기무라의 팔에 안겨 옮겨지곤 했는데, 부부 사이의 비밀스러운 유희에 관한 일은 물론이고 행여 허심탄회한 대화를 그와 주고받은 일조차 없었다. 사실 그와는 취해서 옮겨질 정도의 관계만 있었을 뿐, 남편의 눈을 속이며 서로 이야기할 기회까진 있었을 리 없었다. 나는 오히려 도시코를 의심하며 주시했다. 기무라에게 그런 암시를 준 사람이 있다고 한다면 도시코 말고는 없다. 그녀는 2월 9일에 세키덴초에서 별거를 하게 해 달라는 말을 꺼내며 조용한 장소에서 공부하고 싶다는 걸 이유로 내세웠지만, '조용한 곳'을 원한다는 말이 심야에 부모 침실에서 때때로 전깃불이 휘황하게 빛나고 형광등이 번쩍거리는 데에 질렸다는 뜻임을 추측하는 것은 어렵지 않았다. 아마 그녀는 형광등이 비치는 침실 내 풍경을 밤이면 밤마다 엿보았던 것이 틀림없는데 — 스토브의 석탄이 타닥타닥 소리를 내며 탔기 때문에 발소리를 감추기에는 안성맞춤이었을 것이다. — 그렇다고 한다면 나를 나체로 만들어 놓고 여러 가지 자세로 바꾸어 놓는 데 한없는 희열을 느끼던 남편의 동작도 모두 보아 알았으리라는 점도 상상할 수 있다. 이런 상상이 들어맞았다는 사실은 훗날에 이르러 분명해졌는데, 나는 14일자 남편의 일기를 읽었을 때 대략 거기까지 알아챘다. 즉 당시 나를 나체로 만들어 이리저리 가지고 놀던 사실은 나 자신보다 도시코가 먼저 알았고 기무라에게 보고를 했으리라.

그렇다고 하더라도 기무라는 무슨 연유로 '그런 기계'가 있음을 남편에게 가르쳐 주어 내 나체를 촬영할 것을 시사한 것일까? 이에 대해서는 끝내 기무라에게 물어보지 못했지만, 추측건대 첫째는 남편에게 그런 지혜를 알려 주어 그의 환심을 사고 싶었을 것이다. 하지만 또 한 가지는, 그렇게 하면 훗날 남편이 촬영한 나체 사진을 자신도 손에 넣을 수 있게 되리라 기대했기 때문일 터다. 그리고 그것이 주된 목적이었으리라. 마침내 남편이 폴라로이드에 만족하지 못하고 차이스 이콘을 사용하게 되고, 그것을 현상하는 역할이 자신에게 돌아가리라는 것 — 기무라는 아마, 세세한 앞일까진 어떤지 모르겠지만 대략 그런 상황이 일어나리라고 내다보았을 것이다.

2월 19일에 '나는 도시코의 심리 상태를 파악할 수가 없다.'라고 썼는데, 실은 어느 정도는 파악하고 있었다. 지금 이야기한 사정으로, 나는 그녀가 우리 부부의 규방 정경을 기무라에게 흘렸으리라고 대략 짐작하였다. 그녀는 기무라를 몰래 사랑하였고 그 때문에 '속으로 내게 적의를 품고 있는' 것도 알았다. 그녀는 '엄마는 태어날 때부터 섬세하고 연약한 성질로 과도한 방사는 견딜 수 없는데도 아버지가 억지로 무리한 짓을 시키고' 있다 이해하여, 그런 점에서는 나의 건강을 걱정하고 아버지를 미워했지만, 아버지가 묘한 취향에서 기무라와 나를 접근시키고 기무라와 나 역시 그것을 거부하지 않는 기색인 걸 알자 아버지를 미워함과 동시에 나도 미워했다. 나는 그것을 꽤 일찍부터 눈치챘다. 다만 나 이상으로 음험한 그녀는 '자기가 엄마보다 이십 년이나 젊은데도 불구하고 용모와 자태 면에서 본인이 엄마보다 열등하다.'라는 사실을 알았으며, 기무라가 어머니에게 더 많은 사랑을 쏟는다는 점도 알았기 때문에, 우선 어머니를 사이에 두고 서서히 방법을 강구할 작정이었다는 것을 나는 간파하고 있었다. 그러나 두 사람을 사이에 두고 그녀와 기무라가 어느 정도 사전에 소통을 했는지, 그 점에 대해선 아직도 나는 모른다. 예를 들어 그녀가 세키덴초에 방을 얻은 건 형광등 불빛에 질렸을 뿐만 아니라, 기무라의 하숙이랑 가깝다는 사실도 처음부터 고려했으리라 생각되는데, 그것은 기무라가 일러 준 것일까, 아니면 그녀가 단독으로 생각해 낸 것일까? 그것은 도시코가 자기 마음대로 차려 놓은 밥상으로, 기무라는 '나는 차려 놓은 밥상에서 젓가락을 들었을 뿐'이라고 했지만, 진상은 어떤 것일까? 나는 그런 점에서는 지금도 기무라를 신용하지 않는다.

도시코가 나를 질투하였던 것처럼, 나도 내심 도시코에 대해 상당히 격한 질투심을 불태웠다. 그럼에도 불구하고 나는 애써 그것을 감추고 일기에도 쓰지 않았다. 그것은 내가 천성적으로 음험하기 때문이기도 하지만, 실은 내가 딸보다 우월하다는 자신감이 있었기에 그것을 스스로 상처 내기 싫었던 탓이었다. 또 하나는 내가 도시코를 질투할 이유가 있다는 사실 — 즉 기무라가 그녀도 사랑하고 있을지도 모른다는 의심이 든다는 사실 — 을 남편이 아는 것이 나는 무엇보다 두려웠다. 남편 자신도 '만약 내가 기무라라고 치고 어느 쪽으로 더 끌리느냐 하면, 나이는 더 들었지만 어머니 쪽인 게 확실하다.'라고 하면서, '기무라는 어느 쪽이라고도 말을 못 한다.'라고 하며 '우선 어머니의 환심을 사고 어머니를 통해 도시코를 움직이려고 하는 것'일지도 모른다고 다소 의심을 드러낸 적이 있었다. 그래서 나는 남편에게 그런 의심을 품게 하는 것이 제일 싫었다. 기무라는 오로지 나 혼자만을 사랑하며 나를 위해서는 어떠한 희생도 아끼지 않는다고 남편으로 하여금 믿게 하고 싶었다. 그렇지 않으면 기무라에 대한 남편의 질투가 정진 정명 강렬해질 수 없었기 때문이었다.

6월 11일

…… 남편은 2월 27일에 '역시 추측한 대로였다. 아내는 일기를 쓰고 있었던 것이다.'라고 하며 '며칠 전에 어렴풋이 알게 되었다.'라고 하였는데, 실제로는 상당히 전부터 분명히 알았을 테고, 내용 또한 몰래 읽었으리라 생각된다. 나 역시 '내가 일기를 쓴다는 사실을 남편이 눈치채게 하는 실수를 저지르지는 않을 것이다.' — '나처럼 다른 사람에게 속마음을 이야기하지 않는 사람은 하다못해 자기 자신에게라도 이야기를 해서 들려줄 필요가 있다.' — 라고 했지만, 이는 새빨간 거짓말이다. 나는 남편이 나 모르게 일기를 읽어 주기를 바랐다. '자기 자신에게라도 이야기를 해서 들려주고' 싶었던 것도 사실이지만, 남편에게도 읽힐 것을 하나의 목적으로 두고 썼다. 그러면 왜 소리가 나지 않는 닥나무 종이를 사용하고, 셀로판테이프로 봉해 두었느냐 하면, 쓸데없이 비밀주의를 취하는 것이 천성적인 취향이었다고 말할 수밖에 없다. 이 비밀주의는 나를 비밀주의라며 비웃는 남편의 경우도 역시 마찬가지였다. 남편도, 나도 서로 몰래 읽는 것을 알면서 도중에 몇 개나 되는 방어벽을 만들고 장벽을 쌓아 될 수 있는 한 번거롭게 하여 상대가 과연 표적에 도달했는지 어떤지를 애매하게 하는 것, 그것이 우리들의 취향이었다. 내가 번거롭게 수고하는 것을 마다하지 않고 셀로판테이프를 사용한 것은, 나를 위해서가 아니라 남편 취향에 영합하기 위한 일이었다.

나는 4월 10일이 되어서야 처음으로 남편의 건강이 심상찮다는 사실을 일기에 적었다. — '남편은 그의 일기 안에 자신의 우려할 만한 상태에 대해 무언가를 넌지시 흘리고 있는 것일까? ……그의 일기를 읽지 않는 나로서는 그것을 상상할 수 없지만 실은 나는 이미 한두 달 전부터 그의 상태에 변화가 있음을 알았다.'라고. 남편 자신이 이 일을 고백한 것은 '3월 10일 일기'부터인데, 실제로는 그 스스로 알아챈 것보다 내가 더 먼저 알았던 것은 아닌가 한다. 그러나 나는 여러 가지 이유에서 처음 한동안 일부러 그것을 모르는 척했다. 왜냐하면 그것이 남편을 함부로 신경과민으로 몰아가게 될까 봐 걱정되었기 때문이기도 했지만, 그 이상으로 신경과민 탓에 그가 방사를 삼갈까 봐 더 두려웠다. 내가 남편의 생명을 걱정하지 않은 건 아니었지만, 만족을 모르는 성적 행위를 다스리는 일이 더 절실한 문제였다. 나는 어떻게든 해서 그로 하여금 죽음의 공포를 잊게 하고, '기무라라는 자극제'를 이용하여 질투심을 부추기는 데 열중했다. ……하지만 나의 이런 심정은 4월에 들어서면서 차츰 변했다. 3월 중에 나는 종종 내가 아직 '마지막 일선'을 고수하고 있다는 뜻을 일기에 써서 남편이 내 정절을 믿게 하려고 노력했지만, '종이 한 장 차이로 아슬아슬한 곳까지' 접착해 있던 나와 기무라의 마지막 벽이 정말로 제거된 것은 솔직히 말하자면 3월 25일이었다. 다음 날 26일 일기에 나와 기무라가 시치미를 뚝 떼는 문답을 하는 장면이 기록되어 있는데, 그것은 남편을 속이기 위한 연극이었다. 그리고 내가 마음속으로 중대한 결의를 한 때는 4월 상순, 즉 4일, 5일, 6일 무렵으로 여겨진다. 남편에게 유도되어 한 발 한 발 타락의 심연으로 빠져들던 나였지만, 아직은 남편의 요청을 묵과할 수 없어서 고통을 견디며 불륜을 저지르는 것처럼 — 그리고 그것은 구식 도덕관으로 봐도 부인의 귀감으로 우러러볼 수 있는 모범적 행위라고 나 자신을 속이고 있었다. 그러나 그 무렵부터 나는 완전히 허위의 가면을 벗어던졌다. 나는 명백히 나의 사랑이 기무라에게 있지 남편에게 있지 않다는 사실을 스스로 인정하게 되었다. 4월 10일에, '몸

상태가 한심한 것은 남편만이 아니라 실은 나도 거의 비슷하다.'라고 썼는데, 복잡한 사정이 있었던 것으로 실상 나는 병이 난 게 아니었다. 물론 '도시코가 열 살 정도였을 무렵 두세 번 객혈을 한 경험이 있'고, '폐결핵 증상이 2기에 달했다고' 한 것은 사실이지만, 그래도 '나는 의사의 충고를 무시하고 불섭생하기 짝이 없는 생활을 하'였고, 다행히도 '걱정할 정도는 아니었고 자연히 치유되어 버렸'으며, 그 이후 재발한 적도 없었다. 따라서 '2월 어느 날과 똑같이 거품 섞인 선홍색 혈액이 가래와 함께 나온' 것도, '오후가 되면 피로감이 엄습해' 오고, '가끔씩 기분 나쁘게 가슴이 욱신거리는' 것도, '이번에는 차츰 악화돼서 가망이 없어질지' 모르며, 아무래도 '예삿일이 아닌 것 같은' 느낌이 들었다는 것도, 실은 모두 전혀 근거 없는 허구로, 모두 다 남편을 하루라도 빨리 죽음의 골짜기로 밀어 넣기 위한 유혹의 수단으로서 쓴 것이었다. 나도 목숨을 걸었으니 당신도 그럴 각오를 해라, 나는 남편에게 그 사실을 알려 주려는 목적으로 일기를 적었다. 그리고 이후의 내 일기는 오로지 그 목적에 따라 쓰였는데, 일기를 쓰는 것만이 아니라 경우에 따라서는 객혈 흉내도 연출해 보이는 준비까지 했다. 나는 그를 숨도 쉴 수 없을 만큼 흥분시켜 혈압을 한없이 올리고자 갖은 수단을 다 썼다. (첫 번째 발작 이후에도 나는 전혀 공격을 늦추지 않았고 그가 질투하도록 머리를 굴렸다.) 기무라는 남편의 육체적 파멸이 그다지 멀지 않은 것 같다는 사실을 지나가는 말로 진작부터 예언했는데, 나도 그리고 아마 도시코도 그런 면에서 감이 예리한 기무라의 직관을 어설픈 의사의 판단보다 더 신뢰했다.

그래도 나의 체질에 음탕한 피가 흐른다는 사실을 부정할 수 없고, 내심 남편의 죽음마저 기도했다니 어찌 된 일일까? 도대체 그런 마음이 언제 어느새 찾아든 것일까? 죽은 남편처럼 마음이 꼬여 있고, 변태적인 사악한 정신으로 집요하게 배배 꼬이면 아무리 순수한 마음을 갖더라도 결국 뒤틀리고 마는 것일까? 그렇지 않고 내가 옛날 기질의 딱딱한 봉건적 여자로 보인 것은 환경이나 부모의 가르침 때문이고, 본래부터 끔찍한 마음의 소유자였던 것일까? 이는 더 곰곰이 생각해 보지 않으면 확실히 알 수 없을 터다. 그와 동시에 역시 나는 죽은 남편에게 충성을 다한 것이고, 남편은 그의 희망대로 행복한 생애를 보냈다고 할 수도 있겠다는 생각마저 들었다.

도시코나 기무라도 지금 와서 생각하면 의심스러운 부분이 많다. 나와 기무라가 회합 장소로 사용한 오사카 숙소는 '어디 없을까요? 라고 기무라 씨가 물어서' 도시코가 '그런 일에 밝은 아프레한 친구'에게 듣고 가르쳐 주었다고는 하지만, 정말로 그게 사실일까? 도시코도 그 숙소를 누군가와 사용한 적이 있고 지금도 사용하고 있는 것은 아닐까?

기무라의 계획으로는, 장차 적당한 시기를 봐서 도시코와 결혼하는 형식을 취해 나와 셋이 이 집에서 살고, 도시코는 사람들의 보는 눈이 있으니 일단 참으며 엄마를 위해 희생할 것이다, 라고는 하지만 말이다. ……

연보

1886년(1세) 도쿄 시에서 아버지 구라고로(倉吾郎), 어머니 세키(関)의 차남으로 출생한다.

1892년(7세) 사카모토 소학교(阪本小學校)에 입학하지만 학교에 가기를 싫어해서 2학기에 변칙 입학한다.

1897년(12세) 2월 사카모토 심상 고등소학교 심상과(尋常科) 4학년을 졸업하고, 4월 사카모토 소학교 고등과로 진급한다.

1901년(16세) 3월 사카모토 소학교를 졸업하고, 4월 부립 제일 중학교(府立第一中學校)에 입학(현재는 히비야 고등학교)한다.

1905년(20세) 3월 부립 제일 중학교를 졸업하고, 9월 제일 고등학교 영법과 문과(英法科文科)에 입학한다.

1908년(23세) 7월 제일 고등학교 졸업하고, 9월 도쿄 제국 대학 국문학과에 입학한다.

1910년(25세) 4월《미타 문학(三田文学)》을 창간하고, 반자연주의 문학의 기운이 고조되는 가운데 오사나이 가오루

(小山内薫) 등과 2차《신사조(新思潮)》를 창간한다. 대표작「문신(刺青)」,「기린(麒麟)」을 발표한다.

1911년(26세) 「소년(少年)」,「호칸(幇間)」을 발표하지만《신사조》는 폐간되고 수업료 체납으로 퇴학당한다. 작품이 나가이 가후(永井荷風)에게 격찬받으며 문단에서 지위를 확립한다.

1915년(30세) 5월 이시카와 지요(石川千代)와 결혼하고,「오쓰야 살해(お艶殺し)」, 희곡「호조지 이야기(法成寺物語)」,「오사이와 미노스케(お才と巳之介)」 등을 발표한다.

1916년(31세) 3월 장녀 아유코(鮎子) 출생,「신동(神童)」을 발표한다.

1917년(32세) 5월 어머니가 병사하고, 아내와 딸을 본가에 맡긴다.「인어의 탄식(人魚の嘆き)」,「마술사(魔術師)」,「기혼자와 이혼자(既婚者と離婚者)」,「시인의 이별(詩人のわかれ)」,「이단자의 슬픔(異端者の悲しみ)」 등을 발표한다.

1918년(33세) 조선, 만주, 중국을 여행하고「작은 왕국(小さな王国)」을 발표한다.

1919년(34세) 2월 아버지 병사하고 오다와라(小田原)로 이사하여「어머니를 그리는 글(母を戀ふる記)」,「소주 기행(蘇州紀行)」,「친화이의 밤(秦淮の夜)」을 발표한다.

1920년(35세) 다이쇼가쓰에이(大正活映) 주식회사 각본 고문부에 취임하여,「길 위에서(途上)」를《개조(改造)》에 발표하고,「교인(鮫人)」을《중앙공론(中央公論)》에

격월로 연재하기 시작했다. 대화체 소설 「검열관(検閲官)」을 《다이쇼 일일 신문(大正日日新聞)》에 연재하였다.

1921년(36세) 3월 오다와라 사건(아내 지요를 사토 하루오에게 양보하겠다는 말을 바꾸어 사토와 절교한 사건)을 일으킨다. 「십오야 이야기(十五夜物語)」를 제국 극장, 유라쿠자(有楽座)에서 상연한다. 「불행한 어머니의 이야기(不幸な母の話)」, 「나(私)」, 「A와 B의 이야기(AとBの話)」, 「노산 일기(盧山日記)」, 「태어난 집(生れた家)」, 「어떤 조서의 일절(或る調書の一節)」 등을 발표한다.

1922년(37세) 희곡 「오쿠니와 고헤이(お國と五平)」를 《신소설(新小説)》에 발표, 다음 달 제국 극장에서 연출한다.

1923년(38세) 9월 간토 대지진(關東大震災)이 발발하여, 10월 가족 모두 교토로 이사하고, 12월 효고 현으로 이사한다. 희곡 「사랑 없는 사람들(愛なき人々)」를 《개조》에 발표한다. 「아베 마리아(アヹ・マリア)」, 「고깃덩어리(肉塊)」, 「항구의 사람들(港の人々)」을 발표한다.

1924년(39세) 카페 종업원 나오미를 자신의 아내로 삼고자 집착하다가 차츰 파멸해 가는 인물의 이야기를 그린 탐미주의의 대표작 『치인의 사랑(癡人の愛)』을 《오사카 아사히 신문(大阪朝日新聞)》, 《여성(女性)》에 발표한다.

1926년(41세) 1~2월 상하이를 여행하고, 「상하이 견문록(上海見

聞錄)」, 「상하이 교유기(上海交游記)」를 발표한다.

1927년(42세) 금융 공황. 수필 「요설록(饒舌録)」을 연재하여, 아쿠타가와 류노스케(芥川龍之介)와 '소설의 줄거리(小說の筋)' 논쟁을 일으킨 직후, 아쿠타가와 류노스케가 자살한다. 「일본의 클리픈 사건(日本におけるクリツプン事件)」을 발표한다.

1928년(43세) 소노코에 의한 성명 미상 '선생'에 대한 고백록 형식의 『만(卍)』을 발표한다.

1929년(44세) 세계 대공황. 아내 지요를 작가 와다 로쿠로에게 양보한다는 이야기가 나돌고, 그 사건을 바탕으로 애정 식은 부부의 이야기를 다룬 『여뀌 먹는 벌레(蓼食ふ蟲)』를 연재하지만, 사토 하루오의 반대로 중단된다.

1930년(45세) 지요 부인과 이혼하고, 「난국 이야기(亂菊物語)」를 발표한다.

1931년(46세) 1월 요시가와 도미코(吉川丁未子)와 약혼하고, 3월 지요의 호적을 정리한다. 4월 도미코와 결혼하고 고야산에 들어가 「요시노 구즈(吉野葛)」, 「장님 이야기(盲目物語)」, 『무주공 비화(武州公秘話)』를 발표한다.

1932년(47세) 12월 도미코 부인과 별거하며, 「청춘 이야기(青春物語)」, 「갈대 베기(蘆刈)」를 발표한다.

1933년(48세) 장님 샤미센 연주자 슌킨을 하인 사스케가 헌신적으로 섬기는 이야기 속에 마조히즘을 초월한 본질적 탐미주의를 그린 『슌킨 이야기(春琴抄)』를 발표한다.

1934년(49세) 3월 네즈 마쓰코(根津松子)와 동거를 시작하고, 10월 도미코 부인과 정식으로 이혼한다. 「여름 국화(夏菊)」를 연재하지만, 모델이 된 네즈 가의 항의로 중단된다. 평론 『문장 독본(文章読本)』을 발표하여 베스트셀러가 된다.

1935년(50세) 1월 마쓰코 부인과 결혼하고, 『겐지 이야기(源氏物語)』 현대어 번역 작업에 착수한다.

1938년(53세) 한신 대수해(阪神大水害)가 발생한다. 이때의 모습이 훗날 『세설(細雪)』에 반영된다. 『겐지 이야기』를 탈고한다.

1939년(54세) 『준이치로가 옮긴 겐지 이야기』가 간행되지만, 황실 관련 부분은 삭제된다.

1941년(56세) 태평양 전쟁 발발.

1943년(58세) 부인 마쓰코와 그 네 자매의 생활을 그린 대작 『세설』을 《중앙공론》에 연재하기 시작하지만, 군부에 의해 연재 중지된다. 이후 숨어서 계속 집필한다.

1944년(59세) 『세설』 상권을 사가판(私家版)으로 발행하고, 가족 모두 아타미 별장으로 피란한다.

1945년(60세) 오카야마 현으로 피란.

1947년(62세) 『세설』 상권과 중권을 발표, 마이니치 출판 문화상(毎日出版文化賞)을 수상한다.

1948년(63세) 『세설』 하권 완성.

1949년(64세) 고령의 다이나곤(大納言) 후지와라노 구니쓰네가 아름다운 아내를 젊은 사다이진(左大臣) 후지와라

노 도키히라에게 빼앗기는 역사적 사실을 제재로 한 『시게모토 소장의 어머니(少將滋幹の母)』를 발표한다.

1955년(70세) 『유년 시절(幼少時代)』을 발표한다.

1956년(71세) 초로의 부부가 자신들의 성생활을 일기에 기록하며 심리전을 펼치는 『열쇠(鍵)』를 발표한다.

1959년(74세) 주인공 다다스가 어머니에 대한 근친상간적 소망을 다룬 『꿈의 부교(夢の浮橋)』를 발표한다.

1961년(76세) 77세의 노인이 며느리를 탐닉하는 이야기를 다룬 『미친 노인의 일기(瘋癲老人日記)』를 발표한다.

1962년(77세) 『부엌 태평기(台所太平記)』 발표.

1963년(78세) 「세쓰고안 야화(雪後庵夜話)」 발표.

1964년(79세) 「속 세쓰고안 야화」 발표.

1965년(80세) 교토에서 각종 수필을 발표. 7월 30일 신부전과 심부전이 동시에 발병하여 사망한다.

옮긴이
김효순

고려대학교 일문과와 같은 대학원을 졸업하고 쓰쿠바 대학교 문예언어학과에서 박사 학위를 취득하였다. 현재 고려대학교 일본연구센터에서 식민지 시기 일본어로 번역된 조선 문예물을 연구하고 있다. 옮긴 책으로 『책을 읽는 방법』, 『쓰키시마 섬 이야기』 등이 있다. 지은 책으로는 『제국의 이동과 식민지 조선의 일본인들』, 『동아시아 문학의 실상과 허상』, 「한반도 간행 일본어 잡지에 나타난 조선 문예물 번역에 관한 연구」(중앙대학교 일본연구소, 『일본연구』 제33집), 「1930년대 일본어 잡지의 재조 일본인 여성 표상 - 『조선과 만주』의 여급 소설을 중심으로」(동아시아일본학회, 『일본문화연구』 제45집) 등이 있다.

열쇠

1판 1쇄 펴냄 2018년 8월 3일
1판 5쇄 펴냄 2024년 8월 27일

지은이 다니자키 준이치로
옮긴이 김효순
발행인 박근섭, 박상준
펴낸곳 (주)민음사

출판등록 1966. 5. 19. 제16-490호
서울시 강남구 도산대로 1길 62(신사동)
강남출판문화센터 5층 06027
대표전화 02-515-2000 팩시밀리 02-515-2007
www.minumsa.com

ISBN 978 89 374 2942 2 04800
ISBN 978 89 374 2900 2 (세트)

쏜살 소년 다니자키 준이치로 | 박연정 외 옮김
금빛 죽음 다니자키 준이치로 | 양윤옥 옮김
치인의 사랑 다니자키 준이치로 | 김춘미 옮김
여뀌 먹는 벌레 다니자키 준이치로 | 임다함 옮김
요시노 구즈 다니자키 준이치로 | 엄인경 옮김
무주공 비화 다니자키 준이치로 | 류정훈 옮김
슌킨 이야기 다니자키 준이치로 | 박연정 외 옮김
열쇠 다니자키 준이치로 | 김효순 옮김
미친 노인의 일기 다니자키 준이치로 | 김효순 옮김
음예 예찬 다니자키 준이치로 | 김보경 옮김